DU MÊME AUTEUR

Aux Éditions Gallimard

L'AMOUREUX MALGRÉ LUI, *roman* (1989).

TOUT DOIT DISPARAÎTRE, *roman* (1992).

GAIETÉ PARISIENNE, *roman* (1996 et Folio n° 3136).

DRÔLE DE TEMPS (1997 et Folio n° 3472), prix de la nouvelle de l'Académie française.

LES MALENTENDUS, *roman* (1999).

Chez d'autres éditeurs

SOMMEIL PERDU, *roman* (Grasset, 1985).

REQUIEM POUR UNE AVANT-GARDE, *essai* (Robert Laffont 1995 et Pocket « Agora » n° 234).

L'OPÉRETTE EN FRANCE, *essai illustré* (Le Seuil, 1997).

À PROPOS DES VACHES (Les Belles Lettres, 2000).

LE VOYAGE EN FRANCE

BENOÎT DUTEURTRE

LE VOYAGE EN FRANCE

roman

GALLIMARD

1

L'oracle

Je me suis réveillé, tremblant, au moment où l'assassin allait me découper en morceaux. Plusieurs fois j'ai crié « Pitié », avant de retomber sur le lit transformé en champ de bataille. Quand j'ai ouvert les yeux sous l'oreiller, le monstre était parti. Il faisait chaud mais je grelottais entre les draps trempés de sueur. Timidement, j'ai tendu vers la moquette un mollet poilu, puis l'autre. D'un pas mal assuré, je me suis dirigé vers le miroir où j'ai reculé devant mon visage amaigri, mon teint livide. J'ai relevé le menton pour chercher avec effroi les ganglions annonçant l'effondrement prochain du système immunitaire. Débâcle généralisée ? Sida ? Simple petit rhume ? Cancer de la gorge ou cancer de l'esprit ?

La matinée fut déplorable. Toutes les cinq minutes, je retournais devant la glace pour discerner — dans une incertitude grandissante — si j'étais ou si je n'étais pas mourant, si j'avais l'air épuisé ou en pleine forme, si mon visage se creusait ou se boursouflait. Plus précisément, je pensais à ma gorge douloureuse, enflée, envahie par cette tumeur qui allait boucher la trachée, m'interdire de manger, de boire puis de respirer. Je devinais cette boule de mort, arrosée chaque jour d'alcool et de tabac, tandis qu'un mouvement de résistance intérieure s'éveillait : Soigne-toi avant qu'il ne soit trop tard ! Ne repousse pas le moment d'affronter la vérité ! Si le mal est irréversible, le médecin atténuera tes douleurs et prolongera ta survie, le temps d'accomplir cette fameuse *grande œuvre* que tu dois mener à terme !

Le mot œuvre peut sembler exagéré, vu mon métier de directeur adjoint de la rédaction, titre ronflant dont je suis affublé pour rédiger entièrement un mensuel gratuit distribué dans les taxis. Ayant renoncé aux difficultés d'une carrière cinématographique prometteuse, je donne actuellement le meilleur de moi-même dans plusieurs rubriques rédigées sous différents pseudonymes : « Le chauffeur du mois », « Répertoire historique des rues de Paris », « La banlieue, c'est chouette », « Du côté des caisses de retraite ». Inspiré par la vie des conducteurs, je rédige avec soin l'éditorial qui me permet chaque mois — sous mon véritable nom — de délivrer à l'humanité un message plus profond…

Plébiscité par les professionnels, *Taxi Star* a tellement augmenté sa diffusion que le propriétaire du magazine me fait miroiter d'autres horizons au sein de son groupe de presse : la direction d'un hebdo de coiffure ou celle de la gazette des assureurs. À ce rythme, ma carrière retrouvera des chemins glorieux. Un chasseur de têtes me téléphonera. Un magazine me commandera des chroniques que je rassemblerai dans un volume à fort tirage. Je trouverai enfin les financements nécessaires à la réalisation de mon projet artistique ; un grand film sur moi : cent dix minutes d'errance. Je n'ai pas renoncé à la bataille.

Mais pour commencer, ce matin, il faut affronter l'épouvantable maladie. Tordu par l'angoisse, je tâte encore ma gorge devant la glace en poussant un râle. Je prends ma température qui semble parfaitement normale, preuve que le mal est sournois, probablement incurable. À huit heures trente, j'ouvre mon carnet de téléphone et patiente encore une demiheure avant de composer le numéro du seul médecin de mon entourage : un gynécologue reconverti dans la création de sites Internet. Il soigne encore quelques clients pour arrondir ses fins de mois, mais, dès qu'il décroche, quelques mots évasifs me signalent que toute son attention est scotchée sur l'écran de son PC. Impossible de me recevoir ce week-end. Lundi après-midi, éventuellement… J'espérais une preuve d'amour, une marque d'intérêt de ce docteur rencontré chez des amis communs. J'aurais apprécié qu'il abandonne sa souris pour la saleté qui ronge le fond de ma gorge. Je n'ai pas su le convaincre. Avant de raccrocher, il ajoute que l'hôpital Lariboisière assure, vingt-quatre heures sur vingt-quatre, un service d'urgences d'oto-rhino-laryngologie.

La vision du service public de la santé, penché sur mon cas, m'apparaît comme un réconfort. À d'autres époques de ma vie, la perspective de passer le samedi dans une salle d'urgences aurait gâché le radieux week-end qui commence. Ce matin, l'idée de me retrouver parmi les malades et les accidentés me soulage. Le soleil de juin frappe à la fenêtre, mais j'éprouve un désir intense d'être soigné. J'ai besoin de savoir exactement ce qu'il se passe; je veux me retrouver dans l'antichambre médicale où les corps égaux attendent de savoir s'ils vont mourir aujourd'hui ou demain. Dans le pire des cas, on va m'aliter, me placer sous morphine, puis me laisser m'éteindre en m'assurant une relative quiétude. Une garde d'infirmières maternelles réglera l'entrée et la sortie de mes proches éplorés...

Après m'être lavé, vêtu, nourri comme pour un dernier repas; après avoir constaté, devant le miroir, l'état de délabrement physique avancé où je me trouve (en plus, je perds mes cheveux); après avoir repéré sur un plan l'emplacement de l'hôpital Lariboisière, à la frontière des quartiers pauvres du Nord-Est parisien ; sans oublier d'enfouir dans ma musette divers objets qui m'aideront à supporter l'attente (plusieurs articles découpés dans des journaux, des papiers administratifs à trier, une petite bouteille d'eau), je claque enfin la porte de l'appartement et dévale l'escalier jusqu'aux profondeurs du métro.

*

Situé au fond d'une cour, sous les murs noirs de l'hôpital, le service des urgences offre un accueil moderne qui se veut plus humain. La double porte vitrée s'ouvre spontanément pour m'inviter à entrer. Dans le hall plane une bonne odeur d'alcool médical. Pour la première fois depuis ce matin, je sens ma détresse en accord avec le monde. Dans cette antichambre médicale, il me faudra sans doute attendre longtemps, mais ici, le cri, l'appel, l'errance, l'angoisse constituent l'expression naturelle de tout un peuple. Ici, nulle obligation d'être efficace, brillant, séduisant. Désormais, on me demande simplement d'être malade.

Des gens attendent la solution sur des chaises en plastique. Une adolescente antillaise applique fermement une compresse contre son visage ; sa mère lui parle d'une voix douce. Un toxicomane squelettique patiente à côté de sa compagne édentée, les bras agités par des déflagrations nerveuses. D'autres se rongent les ongles ou restent figés, sans symptômes apparents : jeunes cadres cravatés, femmes noires en boubous multicolores et aussi quelques paumés venus passer le temps dans ce théâtre gratuit. Un homme en pyjama erre parmi les chaises ; sans doute un malade de l'hôpital descendu pour se distraire. Je prends mon tour au guichet d'accueil. Dans la file d'attente, une femme bien sapée râle contre cette lenteur inadmissible, vu ce qu'elle paie à la Sécurité sociale. Elle invoque une organisation logique. D'autres approuvent mollement mais la plupart ont l'habitude. Ils passent leur vie à faire la queue, ce qui rend cette épreuve familière et presque rassurante.

Dix minutes plus tard, l'employé aux cheveux décolorés m'apprend que l'ordinateur est en panne. Il me donne un ticket afin que je revienne le voir, quand mon numéro s'affichera dans la salle d'attente. Sur une chaise, un homme pleure. Soudain, les portes vitrées s'ouvrent théâtralement. Les sauveteurs apparaissent, poussant un corps sur un brancard. De la couverture dépassent deux pieds chaussés d'une paire de rollers et, à l'autre extrémité, le visage étonné d'un jeune patient. J'aimerais être à sa place, allongé sur un lit ambulant. Cela viendra peut-être, mais je dois encore attendre. Confiant, je tâte ma gorge enflée Prêt à m'abandonner au processus médical, je me rappelle avoir lu, dans un journal français, que notre système de santé est le meilleur du monde et j'éprouve une vague fierté. Puis je traîne dans les recoins de cette salle d'attente, à l'affût des scènes qui constitueront bientôt mon quotidien.

Des couloirs jaunâtres s'enfoncent vers le cœur de l'hôpital. Près du monte-charge, trois vieilles femmes nues, recouvertes d'un drap, patientent sur des lits à roulettes. Elles soupçonnent l'infirmier de les avoir oubliées. La plus fatiguée, déjà presque morte, avale de tout petits filets d'air et ses yeux fermés trahissent une lutte bientôt achevée. Les deux autres s'étonnent d'être ici depuis si longtemps en plein courant d'air, sans se rappeler exactement d'où elles viennent ni où elles vont. Mais ce n'est qu'un des mystères de la vie et elles semblent prêtes à attendre encore.

Je vais m'asseoir, déballe quelques papiers bancaires sans importance. Ils deviendront vraiment dérisoires quand l'Assistance publique m'aura pris en charge, le temps d'un traitement chimiothérapique de la dernière chance, de quelques ablations puis du cheminement accéléré vers la mort. Mes héritiers se débrouilleront : d'après un rapide calcul, je laisse une somme suffisante pour régler mes dettes et mes impôts. Sur le mur, les numéros lumineux se succèdent, comme dans n'importe quel guichet public. Des corps se lèvent; plusieurs couples s'enfoncent dans l'hôpital, en se tenant la main.

Quand mon tour arrive, le fonctionnaire décoloré confirme que l'ordinateur restera probablement bloqué plusieurs heures. Il faut donc s'en passer. Mais contrairement à une autre administration qui me prierait de revenir le lendemain, on se débrouille ici avec les moyens du bord. Ma carte d'assurance maladie suffira. Au guichet voisin, un Chinois tente d'expliquer que son frère s'est jeté par la fenêtre tôt ce matin; il demande où les pompiers l'ont emmené. Avant de connaître la réponse, je suis envoyé au service de consultation ORL où m'attendent trois internes — deux garçons et une fille, stéthoscopes au cou — en train d'évoquer leur sortie de la nuit dernière.

L'ennemi est devant moi. Résistant par tous les moyens au drame qui les entoure, ces jeunes professionnels se serrent les coudes dans l'affirmation d'une *bonne santé* accrochée aux choses banales : le vin qu'ils ont bu au restaurant, l'embrayage de la voiture qu'ils ont conduite. Fatigués d'avoir fait la fête mais prêts à recommencer, ils considèrent avec froideur l'angoisse morbide des patients.

Un jeune homme à lunettes me pousse dans son cabinet de consultation sordide dont la peinture jaune se détache par plaques. Sans un mot, il me fait asseoir dans un fauteuil de dentiste, accroche autour de son crâne une sorte de lampe torche et dirige vers moi un faisceau éblouissant. Refusant d'ouvrir la bouche sans rien dire, j'entreprends de lui expliquer mes symptômes le plus clairement possible (selon un raisonnement qui conduit logiquement à l'hypothèse du cancer). Mon analyse ne l'intéresse pas. Après avoir plongé plusieurs ustensiles dans mon larynx, l'interne ressort de la cavité en affirmant que je n'ai absolument rien — peut-être un peu trop bu, un peu trop fumé ces derniers jours. Il s'exprime avec un demi-sourire, comme si ce diagnostic me rapprochait de lui. Il me soustrait à la catégorie des malades et semble déjà prêt à me parler de vin ou d'embrayage. Mais je ne suis pas décidé à me laisser faire :

— Comment ça, rien ?

Le toubib en blouse blanche s'épanouit en répétant :

— Votre gorge est impeccable.

Puis il ajoute, philosophe :

— Vous devez faire un peu de déprime. Profitez donc du soleil ! Et si ça ne va pas mieux, revenez la semaine prochaine.

Je m'accroche un instant, réclame des explications. J'étais prêt à entrer dans cet hôpital pour suivre un traitement pénible. Il serait sage d'entreprendre des examens approfondis. L'interne me regarde maintenant comme si j'étais un pauvre type, un de ces faux malades qui encombrent les salles d'urgences. Il refuse de prescrire le moindre antibiotique. Rejeté par le corps médical, je n'ai plus qu'à regagner la sortie, réintégrer le monde vulgaire, poursuivre mon œuvre à *Taxi Star* tandis que le médecin accomplira la sienne.

Je marche en titubant vers le hall d'accueil. Un rayon de lumière traverse les vitres et vient se poser sur ma joue — comme s'il m'appelait, lui aussi, pour un dimanche à la campagne. Je me répète cette phrase : « Profitez donc du soleil ! » L'interne a peut-être raison. Avalant ma salive, je sens pour la première fois ma gorge dégagée. J'allais m'abandonner sur un lit d'hôpital. Pourquoi pas un lit d'herbe et de pâquerettes ? Le diagnostic de l'interne peut éventuellement s'interpréter comme une heureuse prophétie. Je me suis tellement vu mourir que mon corps libéré commence à frétiller comme celui d'un nouveau-né. J'agite mes membres bien vivants. Je retourne la tête vers l'homme en blouse blanche qui pointe toujours l'index pour m'indiquer la sortie : « À la campagne, plus vite que ça ! »

Voilà pourquoi je suis venu.

Écoutant l'appel des récits légendaires, j'ai pris le chemin de Lariboisière comme les hommes d'autrefois consultaient l'oracle. Pendant quelques heures, j'ai approché une vérité tragique. Serré parmi les patients de la salle des urgences — comme les paroissiens d'autrefois sur les bancs de l'église —, j'ai médité sur la futilité de l'existence et la légèreté de ma disparition. Mais le prêtre a signifié que mon heure n'était pas venue. Désigné pour continuer, je traverse le hall de l'hôpital en sens inverse, désolé de quitter si rapidement mes frères et mes sœurs. J'aimerais les soulager, les prendre par la main et les entraîner pour profiter ensemble des plaisirs de la vie. Désolé : ma place, aujourd'hui, n'est pas parmi vous.

*

Le soleil de juin écrase le boulevard Magenta. Des vapeurs de gaz d'échappement se répandent sur la ville et, stupéfait de vivre encore, je voudrais m'allonger sur la chaussée pour apprécier leurs parfums. Des imbéciles klaxonnent dans les voitures mais cette musique me semble délectable. Ressuscité par l'heureux augure, je dévale la rue du Faubourg-Saint-Denis.

Sur le trottoir d'en face, un carré d'immeubles anciens vient d'être rasé par les bulldozers. D'immenses panneaux annoncent l'édification d'un supermarché de *connectique* et cet acte de vandalisme — qui, habituellement, m'arracherait des cris indignés — contribue à renforcer ma gaieté. Les boucheries et les poissonneries ferment l'une après l'autre, remplacées par des magasins de fringues pseudo-américains, portant des noms comme *Pantalon's* ou *New Plaisir*, mais la vie s'écoule à nouveau dans mes veines et cela m'enthousiasme, comme toute l'énergie humaine, portée vers sa propre destruction. La beauté et la laideur bouillonnent dans le même pot ; la laideur constitue même un effort en soi. Il faut apprendre à contempler un mur en Plexiglas ; savoir se réjouir quand une voiture de flics fonce, sirène hurlante, jusqu'au bureau de tabac le plus proche. Ému par la vitalité qui grouille, je poursuis à grands pas mon chemin vers le sud.

Par endroits, cette longue artère commerçante rappelle encore la ville d'autrefois, avec ses coiffeurs et ses bistrots turcs, ses rôtisseries, ses passages pas encore rénovés, ses prostituées. Près de la station Château-d'Eau, une centaine de Cambodgiens se serrent dans une ruelle pour une cérémonie funèbre. Les jeunes filles distribuent des fleurs et des tracts, en hommage à un certain « docteur Li », assassiné par des inconnus. Une récompense est promise à toute personne qui fournira des indices. Pourtant, quelque chose de serein émane des chants bouddhiques accompagnés de cloches amplifiés par une sono. Accoudé au comptoir d'un bistrot voisin, je commande un verre de côtes-du-rhône en priant, moi aussi, pour le repos de monsieur Li.

Requinqué par le breuvage, je marche encore un quart d'heure vers mon quartier, en bordure des anciennes Halles. Plus je progresse, plus la catastrophe se précise : sur ma gauche et sur ma droite, une accumulation de boutiques de souvenirs, de restaurants médiocres, d'entrées de parking, de piquets destinés à empêcher le stationnement, de Sanisettes automatiques... Aujourd'hui, j'admire ce vaste supermarché de n'importe où. Je voudrais embrasser les passants en survêtements, féliciter les skinheads et leurs pit-bulls, congratuler les Maghrébins de Bobigny déguisés en Portoricains du Bronx et tous ces illuminés qui distribuent, à la sortie du RER, des tracts en faveur de Jésus, de Trotski ou des marabouts du quartier. Je me réjouis que de jeunes restaurateurs, désireux de se constituer un capital, puissent vendre aussi cher une nourriture aussi infecte. Sur la place, devant chez moi, les autorités viennent d'inaugurer une boule de métal. Or, pour la première fois, la laideur de cette sculpture me semble émouvante. Je suis touché qu'un artiste ait osé planter cette triste chose avec le soutien de la municipalité, en croyant sincèrement faire beau, selon les principes qu'on lui avait enseignés.

Radieux, j'entrevois enfin ma propre vie de rédacteur en chef adjoint d'une revue professionnelle, après quinze ans de piétinement dans les milieux para-cinématographiques. Je me vois à mon bureau, cherchant chaque jour la petite phrase bien tournée que personne ne lira, et me persuadant d'inclure dans ce produit une part d'invention personnelle. Fier comme un enfant sur son pot, j'ai fini par m'imaginer que *je fais des concessions comme tous les grands esprits*, que je m'accommode de la presse publicitaire comme Mozart s'accommodait de son archevêque ! Tout cela est poilant : cette obstination dans l'humiliation ; une activité comparable à celle des fourmis dans laquelle il reste possible, cependant, de trouver une forme d'*épanouissement individuel*, grâce à ce corps étonnant, doué d'une extraordinaire faculté d'adaptation, prêt à tout transformer en drame, en noirceur, en absurdité quand il s'enfonce dans la souffrance ; et prêt soudain à tout accepter dans un même enchantement, lorsqu'il retrouve une illusion de santé.

*

J'appelle le minuscule ascenseur inséré au milieu de la cage d'escalier. Entrant dans la cabine aux dimensions d'une personne et demie, j'appuie sur la touche portant le chiffre « 3 ». Une voix au débit robotique me répond dans le petit haut-parleur disposé au-dessus des boutons chromés :

« Composez le code d'accès. »

Une panne d'ascenseur serait fâcheuse en plein

week-end, si tous mes voisins ont filé à la campagne. La porte coulissante se referme, tandis que la voix répète : « Composez le code d'accès. » De brefs silences isolent les syllabes de cette phrase constituée de fragments préenregistrés. Après un bref silence, la voix artificielle reprend la parole pour ajouter :

« Récapitulation des manœuvres de sécurité. »

Il s'agit certainement d'un dérèglement électronique, mais l'ascenseur s'élève normalement. Alors, dans l'état d'euphorie où je baigne depuis la prophétie de Lariboisière, je songe que ce message vocal a probablement un sens, lui aussi. On dirait qu'il cherche à conclure cette journée initiatique en résumant l'oracle sous sa forme définitive, répétée une nouvelle fois entre le deuxième et le troisième étage, de la même voix robotique :

« Récapitulation des manœuvres de sécurité. »

Un instant plus tard, la cabine freine en concluant :

« Essai terminé, merci pour votre attention ! »

Laissant divaguer la machine, je tourne la clé de l'appartement. Je jette mon sac dans le couloir puis, fidèle aux recommandations du médecin, je compose le numéro de mon amie Solange qui m'invite à la rejoindre, demain, en Normandie.

Affalé sur le canapé, j'entends déjà les vagues rouler sur les galets. Le soleil éclaire les cadres accrochés au mur : une photo aérienne de New York, qui me faisait rêver quand j'avais vingt ans. Et, juste à côté, une reproduction de Claude Monet qui représente la plage du Havre. Je reconnais la couleur verte de la mer, ce sable et ces galets où je marchais enfant quand les derniers paquebots partaient vers l'Amérique. Ma vie commençait, pleine de promesses et d'imprévu. Elle s'est étriquée dans le devoir et la nécessité. Aujourd'hui, je voudrais recommencer mon apprentissage ; découvrir chaque jour comme un voyage qui peut bien me conduire n'importe où dans sa dérive, pourvu que je respire à nouveau l'air du large.

2

Le jardin à Sainte-Adresse

Où le héros achète une bouteille de Coca-Cola

Pourquoi donc Claude Monet, Auguste Renoir et leurs amis se retrouvaient-ils sous de hautes falaises aux environs du Havre ? Les historiens d'art prétendent que la lumière spéciale des côtes de la Manche, avec ses nuances de gris, ses éclairages flous, correspondait idéalement aux recherches impressionnistes. Mais surtout, la proximité de Paris, en pleine effervescence artistique, donnait à cette région un attrait nouveau. Depuis l'essor des chemins de fer, la Normandie était devenue le jardin de la capitale. On y construisait des hôtels, des villas, des casinos. Les trains de Saint-Lazare arrivaient directement sur les quais du Havre d'où les grands voiliers partaient pour l'Amérique. Monet, qui avait passé sa jeunesse ici même avant d'étudier la peinture à Paris, entraînait ses confrères à la découverte des éclairages maritimes. Une de ses toiles représentant le port sous la brume — *Impression, soleil levant* — allait donner son nom à l'impressionnisme.

David ferma les yeux puis les rouvrit et admira la composition du tableau reproduit devant lui en grandeur nature : un mètre trente de largeur pour un mètre de hauteur. Le reste de sa chambre ressemblait à une brocante pleine de livres et de bibelots. Seul ce mur, éclairé par un projecteur, semblait protégé de toute invasion pour mettre en valeur une copie du *Jardin à Sainte-Adresse,* peint par Monet en 1867. Au centre de la pièce, un épais fauteuil de velours mité permettait au jeune homme d'admirer longuement « son » tableau : une terrasse fleurie surplombant la mer, comme le pont arrière d'un bateau. Le vent soufflait sur ce paysage brossé de couleurs vives, loin des règles académiques de composition. Monet le qualifiait de « tableau chinois ». À cette pensée, un sourire de satisfaction traversa le visage de David — capable de disserter longuement sur chaque détail de la toile et sur les personnages qu'elle représentait : le père de Claude Monet assis sur une chaise en osier ou ce couple de jeunes amoureux sous l'ombrelle. Il aurait pu donner une conférence sur la vie quotidienne à Sainte-Adresse, petite station balnéaire des environs du Havre, à la fin du XIXe siècle. Cherchant sur Internet, il avait même déniché — dans le Colorado — un ancien annuaire de cette commune, comportant un plan des rues, des photos de chaque villa, une liste des propriétaires. Il avait lu (en français et en anglais) d'innombrables ouvrages et correspondances signés Guy de Maupassant, Alphonse Karr, Maurice Leblanc, pour se faire de la Normandie au siècle passé une idée plus précise que celle de New York où il vivait.

David n'avait rien d'un vieil érudit. Enfoncé dans son fauteuil, il affichait la fraîcheur de ses vingt-deux ans, avec son col grand ouvert (une chemise de coton acquise dans une brocante de la Première Avenue et portant les initiales C.M., comme Claude Monet). Son pantalon de flanelle grise rappelait celui du jeune homme sur le tableau. Sa chevelure brune, tombant en boucles le long de son visage, aurait pu lui donner une allure de faux artiste, mais la barbe piquetait à peine ses joues. Aussi lui pardonnait-on d'avoir décidé, sans rien savoir, que l'Europe d'hier était supérieure à l'Amérique d'aujourd'hui.

À New York même, il préférait les gratte-ciel 1930, les kiosques en bois de Central Park, les salons ornés de trophées de chasse en Afrique où se retrouvaient les diplômés des grandes écoles, les clubs de jazz de Harlem qui n'existaient plus. David vivait dans cette nostalgie éveillée, ponctuée de morceaux de vie moderne : une sortie avec des amis dans un bar techno, une heure à *surfer* sur un site érotique, le passage d'un yuppie en rollers, derrière sa fenêtre de l'avenue B.

— David !

Une voix féminine avait crié son nom dans la pièce voisine. Le garçon soupira. Levant son corps mince, il s'avança vers la porte entrouverte :

— J'arrive.

Le décor du couloir contrastait avec celui de la chambre. Sur le papier peint orange, des dizaines de tapisseries encadrées représentaient des scènes de contes de fées, brodées sur des canevas achetés dans des magazines : Bambi s'éveillant dans la forêt, Cendrillon et son carrosse enchanté. Dans le salon, le son d'un téléviseur diffusait à tue-tête *La tyrolienne des nains*. David s'immobilisa sur le seuil et prononça doucement :

— Je suis là.

Au milieu de la pièce, une femme était affalée sur un fauteuil de Skaï noir. Tombant sur le côté, sa main droite tenait une cigarette à moitié consumée. Elle semblait suivre intensément l'arrivée de Grincheux dans la maison de Blanche-Neige ; mais son autre main tendit une télécommande pour interrompre la projection. Deux yeux brillants se tournèrent vers le jeune homme :

— Mon chéri, je n'ai plus de Coca. Je me sens fatiguée. Veux-tu descendre chercher quelques bouteilles ?

— J'y cours, chère maman !

Sur l'écran, Grincheux attendait en position de « pause ». La femme aux traits tirés regarda plus intensément son fils :

— Chère maman, c'est un peu ringard ! Pourquoi ne m'appelles-tu pas par mon prénom ? Rosemary, ce serait plus sympa !

— Vous avez raison, chère maman, prononça David en s'inclinant.

Il traversa le vestibule, ouvrit la porte, descendit l'escalier et sortit sur le trottoir délabré de l'avenue B. Il longea un jardin entouré de grillage, passa sous un échafaudage où il salua le petit dealer portoricain. À l'angle de la 7e Rue, il entra dans l'épicerie coréenne, acheta trois bouteilles de Coca light et retourna chez lui. Il posait délicatement ses souliers vernis sur la chaussée défoncée et laissait flotter au vent sa chevelure bouclée de fils de l'impressionnisme…

Il était brun

David ignorait tout de son véritable père, sinon que celui-ci était français et qu'il avait rencontré sa mère en 1977.

Issue d'une petite ville du Massachusetts, elle s'était installée à New York trois ans plus tôt et préparait un diplôme de psychologie à Columbia University. Le dimanche, elle aimait faire un tour au Muséum d'histoire naturelle. Dans la pénombre de la galerie africaine, des décors reconstituaient la vie des bêtes sauvages. Derrière chaque vitre, Rosemary admirait les paysages reproduits sur des toiles peintes. Au premier plan, les animaux naturalisés semblaient soigner leurs petits dans un tapis de broussailles. La pénombre forestière était minutieusement reconstituée par des lampes électriques. Mieux qu'au cinéma, le diorama restituait la plénitude de la nature avec ses horizons, ses vols d'oiseaux dans le lointain. Depuis un moment, Rosemary contemplait un gorille dressé dans un paysage de forêts et de volcans enneigés. Une voix, à côté d'elle, bredouilla dans un mauvais anglais :

— Quel savoir-faire ! Et le temps nécessaire pour fabriquer chaque décor ! On se croirait vraiment dans la forêt vierge…

Rosemary se tourna vers un garçon aux cheveux longs, négligemment élégant dans sa veste noire et son pantalon de velours rouge. Elle murmura :

— Tout de même, je préfère les animaux en liberté. Penser qu'on les a tués pour ça !

— On leur a peut-être évité une mort plus cruelle !

Il sourit.

— Pardon pour mon accent, je suis français. Tu es new-yorkaise ?

— Non, enfin… depuis peu. En psycho à Columbia.

— Moi, j'arrive de Paris. J'ai décidé de faire le tour du monde. Et je commence par New York, la ville qui me faisait rêver !

Un quart d'heure plus tard, ils prenaient un verre à la cafétéria du musée. Rosemary invita le Français à une soirée chez d'autres étudiants. Il plut à tout le monde, avec ses vingt ans et son air de jeune bourgeois affranchi. Ils burent des bières, fumèrent des joints, écoutèrent des disques tard dans la nuit. Le lendemain matin, Rosemary et son globe-trotter se réveillaient dans le même lit. Ils passèrent encore la journée ensemble puis se séparèrent sans façon. Le Français devait rejoindre des amis à Montréal. Il promit de repasser par New York et nota l'adresse de Rosemary.

Au moment de faire l'amour, la jeune femme avait marqué une hésitation. Elle militait pour la liberté sexuelle, mais elle supportait mal la pilule et avait arrêté depuis plusieurs semaines. La marijuana rendit ce détail négligeable. Apprenant un mois plus tard qu'elle était enceinte, Rosemary pensa d'abord à l'avortement, mais ce droit (pour lequel elle avait manifesté) se traduisait chez elle par une violente angoisse liée à la chirurgie et au ventre. Elle préféra croire qu'elle voulait cet enfant. Dans une rêverie très *flower power*, elle imagina un petit ange libre aux cheveux blonds. Ses études s'achevaient. Elle avait l'âge de se débrouiller et décida de garder le bébé.

Le Français ne repassa pas à New York. Trois mois plus tard, Rosemary reçut une carte postale de Thaïlande. Il poursuivait son tour du monde et donnait quelques nouvelles, très insouciantes. Puis plus rien. Elle croyait se souvenir qu'il s'appelait Christian ou Christophe, ou Jean-Christophe, mais elle n'était certaine que de son surnom : « Mes copains m'appellent Chris », avait-il dit.

David naquit au printemps 1977. Il était brun. À la fin de l'année, sa mère décrochait son premier poste dans un cabinet de psychologie d'entreprise. Elle se mit en ménage avec un compositeur d'avant-garde plus âgé qu'elle, demeurant dans l'East Village — quartier alors dangereux et peu fréquenté, sinon par quelques vieux Ukrainiens et des familles portoricaines. Les jours de vent, le petit David regardait par la fenêtre les morceaux de carton voler dans la rue et les *homeless* abrités sous les entrées d'immeuble.

Dans les écoles du quartier, les classes à majorité hispanophone ressemblaient à des cours d'alphabétisation. David apprit davantage du compagnon de sa mère, qu'il confondait avec son géniteur — d'autant plus que Charles avait vécu dix ans à Paris. Il enseigna à David la langue française. Rosemary l'encourageait : malgré une vive rancœur à l'égard du «*Frenchie*» désinvolte, elle jugeait nécessaire l'identification du fils à l'image du père. Sous cette influence, le petit garçon développa un goût aigu pour tout ce qui venait de là-bas.

Il avait quatorze ans quand Charles mourut d'un cancer. Après sa dépression, Rosemary commença à se passionner pour Walt Disney, développant un système personnel de *thérapie par le conte de fées*. Inscrit dans une école convenable de Greenwich Village, David accomplissait des progrès rapides — tout en assurant ses revenus avec un copain du quartier qui lui fournissait de l'herbe, revendue plus cher aux élèves de son lycée.

East Village devenait à la mode. Le dimanche matin, des cadres gays couraient autour de Tompkins Square Park. L'adolescent préférait traîner dans les brocantes, à la recherche de bibelots 1900. À la bibliothèque, il empruntait des livres sur Paris et se passionnait pour la Belle Époque. Au Metropolitan Museum, il tomba en arrêt devant le *Jardin à Sainte-Adresse* de Claude Monet. Cette mer joyeuse, ces drapeaux frémissants dans le ciel répandaient leur fraîcheur dans le musée. David s'imagina que les deux amoureux appuyés sur la balustrade étaient peut-être ses lointains ancêtres. Pour la première fois, il eut envie de partir là-bas.

Faute d'argent, il se contenta de l'Alliance française, située sur la 60e Rue, entre Park et Madison. Débarquant par le métro sous le gratte-ciel bleu du Citicorp, il s'enfonçait dans le dédale de Midtown. Un drapeau tricolore surplombait l'entrée de l'immeuble. Lors de sa première visite, une hôtesse canadienne lui remit un guide, proposant des cours, des films, des expositions, des spectacles et autres activités du French Institute. David respirait cette bonne odeur artistique. Il traînait dans l'établissement, s'égarait dans les étages, fumait une cigarette à la cafétéria où des bourgeoises américaines baragouinaient avec des immigrés haïtiens. Il participait aux conversations, rêvait de Paris, idolâtrait l'esprit français, avant de se réfugier dans la bibliothèque, parmi les rangées de livres et les tables studieuses.

Peu à peu, sa rêverie tourna à l'idée fixe. L'Amérique lui semblait vulgaire. Il supposait bien que l'Europe avait changé, mais — en attendant de s'y rendre lui-même — il préférait entretenir l'idée d'une société plus raffinée. Sa mère étant fauchée, il finit par interrompre ses études et s'enferma, toujours davantage, dans son monde imaginaire. Il écoutait des disques de Mistinguett, se passionnait pour Hemingway et les Américains de Paris. Faute de s'offrir le grand voyage, il s'inventait un voyage à domicile. Certains jours, il sortait dans la rue avec une canne et un chapeau, répondait en français aux questions de ses compatriotes et passait, dans son quartier, pour un doux dingue.

Comme une poupée Barbie

David dînait avec sa mère. Il portait un costume anglais élimé, elle un pull en grosse laine orange. Elle buvait du Coca. Il dégustait du bordeaux. Elle lui demandait pourquoi il vivait comme un petit vieux. Il disait ne pas comprendre de quoi elle parlait. Allumant une cigarette, elle marmonna que la France était ringarde, qu'il y avait bien plus de vitalité chez les latinos ou les Asiatiques. David sortit son fume-cigarette en affirmant que les Américains raffinés avaient toujours préféré l'Europe. Persuadée qu'il avait un problème psy à régler avec son père, elle finit par dire :

— Mais je comprends très bien que tu veuilles partir là-bas.

Persuadé de n'avoir aucun problème psychologique, David affirma qu'il voulait connaître la France dans le cadre de ses recherches sur la civilisation.

Rosemary soupira. Son fils soupira. Ne sachant plus que dire, elle tendit sa télécommande vers l'écran où la chaîne *Pride* diffusait son show *Obesity*. Sur des gradins rose bonbon s'alignaient une vingtaine d'énormes femmes, victimes de l'abondance. Chacune portait un pantalon de survêtement et un tee-shirt indiquant sa surcharge pondérale : certaines affichaient + 20, d'autres + 100. Au micro, une adolescente expliquait sa passion de la crème glacée ; des larmes coulaient sur son visage bouffi par la graisse. L'animateur, d'une minceur obscène (finement musclé, il portait seulement un short et un débardeur), la regardait dans les yeux. Ils finirent par tomber en pleurs dans les bras l'un de l'autre. Puis le speaker expliqua à cette femme que ses parents l'aimaient, que ses frères et sœurs l'aimaient, que l'humanité débordait d'amour pour elle. À ces mots, les vingt obèses se levèrent et commencèrent à danser. Elles soulevaient péniblement leurs cuisses jambonneuses pour marquer le rythme à deux temps. Les mains boudinées tenaient des ballons de baudruche représentant des cœurs.

David se dirigea vers le couloir en disant :

— Bonsoir, chère maman.

— Bye, David !

Arrivé dans sa chambre, il commença par régler le spot qui éclairait le *Jardin à Sainte-Adresse* ; puis il posa sur son vieux pick-up une musique de Debussy dont les harmonies envahirent la pièce avec un craquement de feu de bois. D'après sa théorie, l'ancien surpassait toujours le neuf : le son du 78 tours l'emportait sur celui du 33 tours qui, lui-même, écrasait celui du CD. Ce qui n'empêchait pas David de rester des heures devant son ordinateur. Il enfonça une touche, l'écran s'illumina et une mélodie électronique signala l'arrivée d'un nouveau message : *ophelie@boheme.net.* Un sourire illumina son visage. Après un double clic, David lut à mi-voix le texte qui apparaissait sur l'écran :

« Ami d'Amérique,
J'ai joué ce soir. Paris me fête !
Mais vous manquez à ma gloire.
Votre Ophélie. »

Après s'être frotté les mains, le jeune homme attrapa sous son bureau une bouteille de cognac. Il se servit un verre puis relut les quatre lignes. Quelques mois plus tôt, sur un moteur de recherche, il avait découvert la page consacrée à cette Ophélie, une actrice française qui se qualifiait elle-même d'« enfant de la Belle Époque ». Dans son journal télématique, elle racontait chaque mois les nuits de Paris, les théâtres et les cabarets où elle déclamait les textes des poètes. En photo, sa chevelure noire et sa peau mate poudrée de blanc rappelaient les égéries des écrivains 1900.

David avait envoyé timidement un e-mail. Deux

jours plus tard, il recevait une réponse signée *Ophélie Bohème.* Félicitant le jeune homme pour sa culture française, elle se réjouissait de cet écho new-yorkais. Au moment où l'esprit parisien déclinait, les Américains allaient sauver la France ! Ils nouèrent une correspondance. Ophélie disparaissait parfois pendant des semaines, avant de répondre, épuisée par ses spectacles mais fidèle à l'ami d'East Village. Elle comptait se rendre prochainement à New York. David assurait qu'il viendrait à Paris dès que possible.

Tout en avalant quelques rasades de cognac, il tapa fébrilement sa réponse sur le clavier :

« Chère Ophélie, l'heure approche. Je brûle de vous voir sur les planches. Le temps de régler quelques affaires et j'accours ! »

Il avait conscience de l'exagération démodée des tournures. Mais cette sophistication s'opposait, dans son esprit, à l'*expression directe* prônée par Rosemary qui aurait préféré entendre : « Salut chérie ! » David supposait que les Français s'accordaient encore certaines manières, favorisant l'illusion du savoir-vivre. Ayant envoyé son message, il se resservit un cognac. Soudain, il ferma les yeux en soupirant :

— Partir ! Mais avec quel argent ? Je ne vais pas débarquer à Paris comme un clochard !

Les *Préludes* de Debussy s'étaient arrêtés. David but une nouvelle rasade d'alcool qui, mêlée au vin rouge, accentua sa mélancolie et le fit sangloter. Reniflant, il contempla encore ce jardin d'autrefois. Il était né un siècle trop tard... Soudain, dans le flou des larmes, il lui sembla entrevoir une forme suspendue dans l'air, entre le tableau et lui-même. Une silhouette vaporeuse scintillait au milieu de la pièce. Il secoua la tête, cligna des yeux.

La chose flottait toujours devant lui, plus précise. On aurait dit un corps de femme ; un petit corps svelte, comme une poupée Barbie coiffée d'un chapeau pointu. Dressant dans sa main droite une baguette étoilée, elle observait fixement David qui avala une autre lampée pour chasser l'hallucination. Mais la fée, toujours suspendue, lui souriait. Elle releva un peu sa robe et tendit une jambe de strip-teaseuse, comme pour attirer l'attention du garçon, puis il entendit une voix douce qui prononçait :

— Ne pleure pas, mon enfant.

Il sursauta :

— C'est à moi que vous parlez ?

— Oui, je te parle, David. Ne pleure pas. Je suis la fée Jennifer.

Trop ivre pour faire preuve de raison, il recommença à renifler et à gémir :

— Je pleure parce que ma vie est idiote ! Je vis à New York et je rêve de Paris. Je voudrais partir là-bas. Mais je n'ai rien, pas un dollar !

— Il y a sûrement une solution, répondit la voix.

Jennifer semblait préoccupée. Soudain, tendant l'autre jambe vers David, elle releva sa robe jusqu'à la cuisse. Son visage était tout rouge. Elle resta ainsi quelques secondes, avant de se raviser, l'air un peu gênée. Elle reprit :

— Tu pourrais faire un petit job, non ?

— Arrête, j'ai l'impression d'entendre ma mère.

À ce mot, Jennifer pointa des seins avantageux. Comme David ne réagissait toujours pas, elle sembla réfléchir et demanda :

— As-tu pensé à la loterie ?

— La quoi ?

— La Loterie nationale ! Le supertirage de samedi prochain. Je vois quelque chose pour toi...

Il regardait toujours en direction de la fée qui devenait plus floue. Il appela :

— Hé !

Une voix lointaine répéta :

— La loterie, David... Supertirage de samedi prochain...

L'image se brouilla et la vision s'évanouit. David n'avait plus, devant lui, que son verre de cognac vide. Il articula mollement :

— Je suis bourré !

Puis il s'affala en titubant sur son lit.

Le lendemain matin, rongé par le mal de tête, il repensa à ses hallucinations de poivrot. Un peu honteux, il finit tout de même par acheter un billet de loterie et suivit à la télévision le tirage en direct. Voyant sortir ses quatre premiers numéros, il éprouva une violente émotion, persuadé d'avoir gagné un million... Mais les deux autres numéros ne figuraient pas sur sa grille. Quinze jours plus tard, il acceptait tout de même de se faire photographier, pour empocher son chèque de 9783 dollars et 70 cents.

Où David prend la mer

Réfléchissant à l'organisation du voyage, David rejetait d'emblée la banalité du jumbo-jet destiné au tourisme de masse. Une théorie sur la supériorité de la lenteur le persuadait qu'il valait mieux gagner Paris en huit jours qu'en huit heures. L'esprit hanté par des images de paquebots, il désirait connaître le glissement progressif du vrai voyage.

Encore fallait-il trouver une place sur un bateau. Les hôtels flottants reliant l'Amérique aux Vieux Continent avaient disparu vingt-cinq ans plus tôt, livrant aux ferrailleurs les souvenirs de la *French Line.* Unique rescapé, le *Queen Elizabeth* ne naviguait pas à cette saison. David finit par trouver une cabine sur un porte-conteneurs, de New York au Havre. Il régla les formalités dans une agence et connut sa première désillusion : l'embarquement n'aurait pas lieu à Manhattan ; il fallait se rendre vingt kilomètres plus loin, sur les quais de Newark, juste à côté des pistes de l'aéroport.

Le jour venu, David embrassa sa mère puis il descendit avec sa valise avenue B où l'attendait une limousine. Sous son lourd manteau d'hiver, le jeune homme portait un costume clair. Il était coiffé d'un panama. Le véhicule suivit Houston Street. Le soleil déclinant projetait sa lumière dorée sur les murs de briques. Le vent froid de mars soulevait des lambeaux de plastique accrochés aux grilles des brocantes. Au croisement de Broadway, des vapeurs de chauffage urbain jaillissaient de la chaussée. Des corps marchaient, se croisaient, s'agitaient, sandwiches à la main. Leurs gobelets fumants répandaient partout cette odeur de café qui indisposa une dernière fois David. Quel manque d'élégance dans cette agitation fonctionnelle, sous ces entassements d'immeubles poussant au hasard. Plongeant sans regret dans le Holland Tunnel, il partait à la recherche d'une harmonie plus élevée.

Tout en l'instruisant sur la vie quotidienne au Chili, le chauffeur franchissait d'immenses ponts de fer suspendus, dominant les marais et les zones industrielles du New Jersey. Il finit par stationner devant le building de la compagnie maritime où le rendez-vous était fixé. Quand le jeune homme entra, tirant sa valise à roulettes, l'hôtesse d'accueil à gros seins, lèvres tartinées de rouge, observa avec étonnement ce touriste d'autrefois. Dix minutes plus tard, une voiture de service conduisait David vers le quai. Suivant une chaussée balisée, comme dans les aéroports, le chauffeur franchit plusieurs portails métalliques ; il traversa un terre-plein couvert de milliers de conteneurs, distincts seulement par leurs couleurs. Enfin, le véhicule freina devant la coque rutilante du *New Panama*, immense baignoire d'acier sur laquelle s'empilaient d'autres boîtes en fer, pleines de marchandises mystérieuses.

Au cours des nuits précédentes, David avait fait plusieurs fois le même cauchemar : il dérivait sur l'Atlantique à bord d'un rafiot délabré. L'équipage très alcoolisé lui jetait des regards salaces, avec la complicité d'officiers corrompus. Torturé et violé par cette bande de mâles en rut, il était finalement jeté en pâture aux requins. Lorsqu'il pénétra dans le *New Panama*, il eut plutôt l'impression de découvrir une entreprise de pointe, au personnel réduit et aux normes hygiéniques très strictes. Un homme de service lui fit visiter le bâtiment et le présenta au capitaine — occupé par l'installation du nouvel ordinateur chargé de gérer les mouvements du navire. La traversée devait durer six jours. Les déjeuners se déroulaient au carré des officiers. Pour les autres repas, des plateaux seraient servis en cabine. C'était tout.

Le seul frisson légendaire se résuma à une vue lointaine sur la pointe de Manhattan, au moment où le navire quittait Newark pour rejoindre l'océan. Le temps resta maussade pendant le voyage : des heures de roulis, d'épouvantables nausées, une attente infinie sur le pont où l'on souffre un peu moins qu'en cabine, le défilé crispant des nuages, la mer glauque et ces creux de vagues puants qui vous aspirent... Accroché au bastingage, David levait les yeux vers le ciel, guettant avec envie le passage d'un avion chargé de touristes.

Où sont les kakatoès ?

La tempête cessa durant la cinquième nuit. Grimpant l'escalier au petit matin, David sentit un équilibre plus stable. Lorsqu'il émergea sur le pont, les nuages se déchiraient dans le bleu du ciel. Des oiseaux passaient en criant... Tournant la tête, le voyageur aperçut la côte française, longée par le navire depuis quelques heures. Plongeant comme un fou dans sa cabine, il ramassa plusieurs cartes terrestres et marines. Il se regarda dans la glace, arrangea ses cheveux comme s'il se préparait pour un rendez-vous important. Il accrocha une paire de jumelles à son cou puis regagna la passerelle, décidé à ne rien perdre de cette arrivée sur la terre promise.

À quelques milles s'étirait une falaise interrompue par des vallées, des ports, des stations balnéaires. Pointant ses jumelles, David reconnut l'architecture des palaces et des casinos d'autrefois. Il déplia des feuilles de papier jauni pour identifier les bourgades normandes, confondues dans son esprit avec tant de références artistiques : Houlgate, ville de peintres à l'embouchure de la Dives, Cabourg et son Grand Hôtel où séjournait Marcel Proust. Le bateau glissait doucement sur l'eau. Pointant de nouveau ses jumelles, il crut reconnaître Deauville, station de plaisirs des années folles ; mais une accumulation de constructions non répertoriées le fit hésiter. Les anciennes demeures semblaient gangrenées par des paquets de lotissements ; des marinas s'avançaient partout sur la mer. Peu après, le navire bifurquait à bâbord et s'engageait dans le chenal du Havre.

Passant d'une joie à l'autre, David se tourna vers la ville où avait grandi Monet, dans l'enchantement du ciel et de la mer. Il aperçut une vaste cité grise, posée sur cette côte comme un jeu de construction en béton armé. Des tours géométriques se dressaient dans le lointain, comme une réplique de Manhattan en modèle réduit. Un clocher d'église évoquait la silhouette de l'Empire State Building. Seules quelques villas, juchées sur la colline au-dessus de la plage, rappelaient qu'une autre ville avait existé.

Au loin, des torchères projetaient dans le ciel une fumée pétrolière. David se rappela qu'à la fin de la Seconde Guerre mondiale, l'aviation anglo-américaine avait rasé Le Havre pour en expulser l'Allemand ; mais il n'imaginait pas de si grands désastres qui se précisèrent encore à l'entrée du port. S'enfonçant entre deux grandes digues, le navire longea plusieurs bassins sans bateaux. Sur les quais abandonnés, on distinguait encore l'ancien débarcadère où s'accrochaient des lettres rouillées : « LE HAVRE ». Puis le *New Panama* continua vers des bassins plus lointains, surplombés d'élévateurs automatiques, le long de terre-pleins couverts de milliers de conteneurs identiques.

Les formalités de débarquement achevées, une fourgonnette déposait David devant un building administratif, à la limite du port et de la ville. Le premier bâtiment qu'il remarqua, sur le trottoir d'en face, était une station-service de la British Petroleum. Posant sa valise sur le trottoir, le jeune homme leva son chapeau et salua l'Europe. Puis il franchit le pont et s'enfonça dans un boulevard vers le cœur du Havre.

Des rues séparaient les immeubles selon un plan rectiligne. Levant les yeux vers ces rangées de murs gris, David avait l'impression d'entrer dans un petit

New York déserté par ses habitants. Les édifices se succédaient, petits et proprets. L'élan des tours vers le ciel plafonnait au dixième étage ; au rez-de-chaussée, des vitrines d'agences bancaires alternaient avec les compagnies d'assurances. Des claviers numérotés contrôlaient l'accès des portes. David tenait, dans sa main droite, un ancien guide de la côte normande :

> Le Havre n'a point de monuments remarquables ; mais il offre le sublime spectacle de la mer, la prodigieuse activité d'un grand port, le mouvement d'une ville affairée dont les relations s'étendent à tout l'univers. C'est Paris devenu subitement port de mer, où les rues retentissent du chant moqueur des perroquets ; où sur les trottoirs s'étagent des volières de perruches, d'aras, de kakatoès au brillant plumage. Sans cesse sillonnés par des promeneurs de toutes les nationalités sous la houppelande — hélas uniforme — du voyageur, on y entend, comme sur nos boulevards parisiens, parler toutes les langues…

Où étaient passés les kakatoès ? Sur le trottoir, une petite fille observait le chapeau de David avec étonnement. Il esquissa un sourire et prononça : « Bonjour ! » Soudain, une femme attrapa le bras de l'enfant. Furieuse, elle dévisagea l'Américain, le traita de salaud, enferma la fillette dans sa voiture et démarra en trombe.

Après avoir traversé plusieurs blocs de béton, il arriva enfin sur une place publique plantée d'arbres où subsistait un vieil immeuble bourgeois — comme un vestige du siècle passé. Une piste de pétanque, la vitrine d'une boulangerie et celle d'une boucherie complétaient cette place de province typiquement française. Retrouvant sa bonne humeur, le voyageur marcha vers l'étalage couvert de viande rouge et de saucisson de pays. Derrière sa vitrine, le boucher ressemblait à un homme d'autrefois, énorme dans sa blouse tachée de sang. Des touffes de poils sortaient de son nez. Il brandissait un couteau et causait à une petite vieille, son cabas sous le bras. Satisfait, David lut attentivement l'inscription peinte sur la devanture du magasin :

Pour des produits plus authentiques
faites confiance aux boucheries
Comme autrefois

Songeur, il reprit son chemin à travers la ville.

Où il est question de cuisine rapide

Les immeubles devenaient plus grands, les avenues plus larges. En un instant, les trottoirs se recouvrirent d'une multitude de passants. Tenant des sacs en plastique, les corps s'agitaient d'un magasin à l'autre : des blonds, des bruns, des Blancs, des Noirs, des métis, des Maghrébins, des Asiatiques... David songea avec émotion au cosmopolitisme des grands ports. Mais outre que ces marins ne portaient ni chemises rayées ni bonnets à pompons, ils parlaient tous français et se déplaçaient en famille, comme de simples habitants occupés à faire leurs emplettes. Révisant son histoire, le touriste se demanda si cette population diverse ne constituait pas plutôt une suite du colonialisme. Avec satisfaction, il observa que les communautés semblaient vivre en bonne harmonie.

Tirant toujours sa valise, il commença à déambuler dans la foule, curieux de découvrir la société française : son art de vivre, de se nourrir, de s'habiller, de se cultiver. Il nota que beaucoup de passants s'engouffraient dans un supermarché Rap. Vingt mètres plus loin, des familles se ruaient sur les chaussures de sport Like, avant de se rafraîchir chez le glacier Ice and Fast. Ces marques familières des trottoirs new-yorkais semblaient exercer une irrésistible attraction sur les consommateurs qui subissaient, dans les magasins, une sorte de nettoyage et ressortaient déguisés en adolescents de Brooklyn : casquettes de base-ball à l'envers, pantalons de joggeurs, chaussures de tennis dénouées, *bombers* qui leur donnaient des carrures de culturistes.

David réfléchit un instant : on aurait dit que ces vêtements n'étaient pas seulement des vêtements. Sur une tête française, la casquette de base-ball semblait vouloir *signifier quelque chose* — exactement comme le chapeau de David exprimait sa préférence pour le monde d'avant-guerre. Ici, les Normands ou les Maghrébins s'inspiraient de l'Amérique des téléfilms. C'était l'Europe.

Comme son regard traînait encore à la ronde, il remarqua un groupe rassemblé sur le trottoir. Des voix s'élevaient, amplifiées en plein air par une sono. David s'approcha. Les badauds s'agglutinaient devant une estrade entre deux boutiques de restauration rapide. Le bâtiment de gauche, orné d'un drapeau yankee, portait l'enseigne Mackburger. La boutique de droite, ornée d'un drapeau français, portait l'enseigne Grignotin.

Assis derrière une table au milieu de l'estrade, deux hommes parlaient dans des micros, sous le logo de la radio FCN : Fun Culture Normandie. Séparant les protagonistes, une animatrice brune à cheveux courts arbitrait le débat. David perçut d'abord quelques bribes de phrases. L'homme de gauche criait : « Vos propos sont intégristes ! » Celui de droite rétorquait : « Vous êtes l'ennemi du cochon français ! » Le premier reprenait : « Votre conception de la restauration rapide est réactionnaire, elle refuse la concurrence et le juste prix ! »

L'autre le coupait : « Mais non, c'est vous qui voulez éradiquer la concurrence en contrôlant le marché ! »

L'animatrice arbora un large sourire pour résumer :

— Après une pause publicitaire, nous reprendrons ce débat entre Anthony Dubuc, gérant du magasin Mackburger-Maréchal Foch, et Charly Robert, gérant du Grignotin-Palais de Justice. Un débat consacré, je le rappelle, à : « Quel avenir pour la fast-cuisine française ? » N'hésitez pas à poser toutes vos questions en direct par téléphone...

Un morceau de musique rythmée répéta une centaine de fois « *Love me, love you* », puis l'émission reprit sur un ton apaisé. À gauche, Anthony Dubuc, costume cravate, expliquait que Mackburger assurait des milliers d'emplois en France et participait, avec ses sous-traitants, à la lutte contre le chômage. Charly Robert, en pull à col roulé, répliquait qu'avec son fast-food à base de baguette et de porc français, il participait à la défense de la tradition agroalimentaire nationale. Il s'emballa dans une série d'invectives contre l'Amérique « menaçante pour notre *exception culinaire* — que la France devrait protéger par un appareil juridique » ! Le ton monta de plus belle :

— Vous niez le marché ! Vous êtes un négationniste !

— Vous combattez le droit à la différence !

Le public silencieux suivait attentivement les arguments. Affublé d'une casquette des Chicago Bulls, un adolescent arabe soufflait à son voisin :

— C'est vrai, les Américains ils se prennent pour les maîtres !

S'immisçant dans leur conversation, David demanda timidement :

— Vous êtes pour Grignotin ou pour Mackburger ?

Le garçon réfléchit un instant, puis son regard s'accrocha au chapeau du jeune homme. Le toisant de haut en bas, il prononça :

— T'es bizarre, toi !

Comprenant que son accoutrement paraissait ridicule, David tenta de se justifier :

— En fait, j'arrive de New York, pour visiter la France...

Aussitôt, il s'interrompit, réalisant qu'il venait de se dénoncer, en plein débat public sur l'impérialisme américain. Mais déjà, l'autre tapait sur l'épaule de son camarade en criant :

— Hé ! Kamel, regarde ce zouave, il vient d'Amérique !

David bafouilla :

— En fait, je suis à moitié français.

Kamel le dévisageait de ses yeux brillants :

— L'Amérique ! Le Bronx, Los Angeles, Planet

Hollywood, Sharon Stone, Bruce Willis, Sylvester Stallone…

Il semblait prononcer des mots magiques, tandis que David cherchait à se justifier :

— Personnellement, je désapprouve l'Amérique. C'est un pays violent, sans charme, et j'ai toujours rêvé de vivre en France.

— Vivre en France, laisse béton ! soupira Kamel.

Son copain semblait plus sensible aux arguments de David :

— Il a raison, l'Amérique, elle veut tout dominer !

Kamel l'interrompit :

— Ouais, mais qui a libéré la France ? Hein ? Qui fait la meilleure musique ? Le meilleur cinéma ? Les plus belles bagnoles ? Les plus belles fringues ?

Sur scène, Anthony Dubuc défendait le « métissage culinaire » et Charly Robert la « fierté du sandwich français ». David prit un air grave devant ses premiers interlocuteurs :

— En fait, je voudrais vous demander un service. J'ai quelque chose d'important à régler… Euh… Connaissez-vous l'endroit où habitait Claude Monet… ?

Kamel l'interrompit :

— Claude Monet, bien sûr que je connais. Ligne de bus numéro trois. C'est presque au bout, ça s'appelle « Claude Monet ». Tu descends là, tu peux pas te tromper.

David n'en revenait pas. Sous l'apparence fruste de teenagers affublés de casquettes américaines se cachaient deux experts, capables de lui indiquer l'emplacement où Claude Monet avait peint ses fameux tableaux. C'était cela aussi, la France. Enthousiaste, il remercia les jeunes gens. Puis, sous leurs regards intrigués, il tira sa valise derrière lui et s'éloigna du débat où Anthony Dubuc s'échauffait, tandis que Charly Robert lui coupait le sifflet :

— Fasciste !

— Ultracapitaliste !

— Antiféministe !

— Génocidiste...

Où David s'égare dans Monet

Le bus numéro trois gravit une longue côte qui dominait la ville et le port. David contempla les faubourgs noyés de fumées, les zones industrielles perdues dans l'estuaire de la Seine. Le véhicule traversa des quartiers monotones de pavillons et de jardinets. Des passagers montaient, d'autres descendaient et l'Américain observait un changement dans la population du véhicule. La majorité de petits-bourgeois blancs du centre-ville faisait progressivement place aux gens de couleur, regroupés dans certains quartiers. Le long d'une avenue sans fin, les carrés pavillonnaires se raréfiaient tandis qu'apparaissait un nouvel horizon de barres et de tours.

Cherchant à chaque tournant le paysage balnéaire du *Jardin à Sainte-Adresse*, David s'étonna d'arriver dans cette banlieue sinistre. Il suivait pourtant le nom des stations inscrites dans l'autobus et s'approchait de l'arrêt « Claude-Monet ». Le bus tourna à gauche et s'enfonça entre deux rangées d'immeubles en brique délabrés, séparés par des terrains vagues. Seul le linge accroché aux fenêtres témoignait d'une présence humaine. Le bus stoppa, tandis que David interrogeait le chauffeur :

— Est-ce bien le quartier où Claude Monet…

— Claude-Monet, oui ! interrompit l'autre, tandis que le jeune homme descendait avec sa valise.

Le trottoir était désert. Déjà le véhicule s'éloignait. Une certaine habitude new-yorkaise des quartiers dangereux incita l'Américain à rester près de la chaussée, où le passage de voitures assure une certaine sécurité. Regrettant de ne pas avoir posé ses bagages à l'hôtel, il avança le long d'une pelouse couvertes de détritus. Au carrefour suivant, la référence au père de l'impressionnisme se précisait. Un panneau fléché couvert de tags indiquait : Tour des Nymphéas… David s'indigna. Avait-on construit ces ignobles cages à lapins à l'emplacement du jardin enchanté ? Quelques mètres plus loin, un autre panneau indiquait : Cathédrale-de-Rouen. David leva les yeux vers la bâtisse de quinze étages où s'accrochaient des antennes paraboliques.

À l'entrée d'un parking, il put enfin étudier le plan général de la ZUP Monet. L'intention des urbanistes apparaissait clairement sur le schéma. Les barres, les tours, les pelouses dessinaient dans l'espace trois grandes lettres qui formaient, ensemble, le mot : ART. David se trouvait présentement au milieu de l'Art, entre le parking Grand-Canal-de-Venise et la barre Impressionnisme. Mais nulle part il n'était question du *Jardin à Sainte-Adresse.* Indécis, le voyageur restait planté au milieu du paysage suburbain, lorsqu'il vit s'approcher une vieille femme noire qui marchait d'un bon pas, tenant contre elle un sac à main. Elle avançait, tête baissée. Au moment de la croiser, David se racla la gorge pour lancer distinctement :

— Pardonnez-moi, madame…

La femme s'arrêta et releva son chignon gris. Son visage était extraordinairement ridé, comme une géographie de creux et de boursouflures. David poursuivit :

— En fait, je suppose que je me suis égaré.

Il s'interrompit, gêné, car la petite vieille le regardait de ses yeux perçants. Soudain, un sourire éclaira son visage :

— Ne me dis pas qui tu es, je te reconnais !

Une dingue, songea David. Espérant quand même obtenir des informations, il précisa :

— Je suis américain. Je ne connais pas cette ville, mais... je cherche le quartier de Sainte-Adresse, où Claude Monet peignait ses tableaux.

— Je sais que tu viens d'Amérique, mon garçon.

Elle le fixait toujours, puis elle ajouta :

— Et je sais que tu es un fils de Dieu, comme je suis une fille de Dieu. Et nous cherchons tous deux la lumière, dans ce quartier pourri.

Elle se mit à rire. David écoutait sa prédication en regardant les façades désespérantes du quartier Monet. Désignant les immeubles, la femme poursuivit :

— Les gens d'ici sont malheureux, car on va bientôt détruire la barre Impressionnisme où beaucoup ont vécu. Trop de drogue, trop de misère ; mais c'est une douleur pour ceux qui ont grandi là. Aux Témoins de Dieu, nous essayons de les aider... Tu connais les Témoins de Dieu ?

Au loin, trois jeunes traversaient l'avenue en courant. L'inquiétude rampait. David sentait qu'il n'avait rien à faire par ici. Il insista :

— S'il vous plaît, pouvez-vous m'indiquer où se trouve ce jardin, à Sainte-Adresse, où vivait le peintre Claude Monet ?

La vieille le regarda gravement :

— Je vais te donner un conseil : Ne cherche pas

ici ! Ne demande rien à personne ! Pour nous, Monet, c'est un quartier, rien de plus ! Mais comme je connais bien cette ville (j'ai même travaillé dans des maisons bourgeoises !), je vais pouvoir te renseigner…

David l'implorait du regard.

— Sainte-Adresse se trouve à l'autre extrémité de la ligne 3. Ici, tu es à la ZUP Claude-Monet. Mais si tu regardes attentivement le plan, tu verras une station qui s'appelle : Sainte-Adresse - Panorama Monet… Là, tu descendras et tu arriveras près du but.

Un autobus approchait. David, soulagé, remercia la vieille qui lui remit un tract des Témoins de Dieu puis s'éloigna sous les fenêtres chargées de linge, tandis qu'il dressait la main vers le véhicule.

Le père de l'impressionnisme

Quarante minutes plus tard, David arrivait à Sainte-Adresse. La population du véhicule était maintenant exclusivement blanche. Sur les avenues boisées se succédaient jardins, immeubles résidentiels et villas de la Belle Époque. Pour la première fois depuis son départ, David reconnaissait le monde enchanté qu'il étudiait, à distance, depuis l'âge de quinze ans. L'autobus déboucha sur un rond-point lumineux dominant la mer qui scintillait entre les toits : Sainte-Adresse - Panorama Monet.

Il descendit sur le trottoir. En face de l'arrêt de bus, deux grilles s'ouvraient sur un parc dominé par une maison à tourelles. Admirant l'armature en fer forgé du jardin d'hiver, David songea que la demeure appartenait probablement à une comtesse dont les arrière-grands-parents avaient connu personnellement Monet. Il s'imagina prenant le thé, jouant au billard, ou poussant les jeunes filles sur une balançoire. Mais une inscription, sur la grille, précisait qu'il s'agissait de la résidence Grand Large, divisée en trente appartements standing.

Cent mètres plus loin, un escalier dévalait vers la mer. Prenant sa valise par la poignée, David descendit les marches et, soudain, un vaste paysage s'ouvrit devant lui. L'escalier débouchait sur une promenade qui longeait la plage et dominait la baie du Havre. Instantanément, l'Américain se crut transporté au pays enchanté des impressionnistes. Un peu plus bas, ricochant contre les galets, les flots se balançaient dans un bleu-vert enchanteur. De petits nuages blancs passaient dans le ciel. Au large, des bateaux se succédaient dans le chenal du port et il suffisait de remplacer les porte-conteneurs par des paquebots, les planches à voile par des barques de pêcheurs pour retrouver le paysage d'autrefois. David reconnut même, émergeant de la ville, un clocher d'église qu'on apercevait dans un autre tableau de Monet représentant des baigneurs sur la plage du Havre.

Quelques demeures anciennes surplombaient la promenade. David se demanda laquelle abritait le fameux *jardin* de Sainte-Adresse. Il se remit en marche, afin de trouver l'emplacement exact du tableau. Il croisa quelques promeneurs, plusieurs femmes en jogging accompagnées de grands chiens. Plus loin, un ponton en bois s'avançait au-dessus des flots, juste en face du Windsurf, bar moderne où des jeunes gens sirotaient des boissons en écoutant de la musique rythmée. Marchant encore, David remarqua une silhouette arrêtée au milieu de la promenade : un peintre du dimanche.

Emmitouflé dans un ciré vert malgré le beau temps, l'homme tenait un pinceau dans une main, une palette dans l'autre, et semblait réfléchir en regardant la mer. David s'approcha. Il vit le peintre esquisser un geste, lever sa brosse puis se tourner rapidement vers la toile posée sur un chevalet. Le jeune homme observait son allure étrange : cette longue barbe blanche, ce chapeau de pêcheur, ce ciré incongru sous le soleil radieux. L'image éveillait un vague souvenir dans la mémoire de l'Américain — comme s'il avait déjà rencontré le même personnage. Il observait à distance, essayant de se rappeler. Indifférent, le peintre continuait son va-et-vient entre le paysage maritime et la toile. Soudain, concentrant son attention sur cette barbe, David eut un étourdissement. Il ferma les yeux puis les ouvrit de nouveau, sûr de lui. Car l'individu qui se tenait devant lui était — à l'évidence — CLAUDE MONET EN PERSONNE.

Aussitôt, tout s'éclaira. Car non seulement Claude Monet se trouvait sur la promenade, mais il s'agissait précisément de Monet *tel que l'avait peint Renoir* dans un tableau où l'on voit le vieux peintre à barbe blanche affublé d'un ciré et d'un chapeau de pêcheur. David se souvenait parfaitement de ce portrait : *Monet peint par Renoir* se tenait devant lui, en chair et en os, dans la baie du Havre où l'on aperçoit des raffineries et des immeubles en béton armé.

Reprenant son sang-froid, le jeune homme s'approcha du peintre pour le toucher, mais avant même qu'il ne prononce un mot, le père de l'impressionnisme s'adressait à lui solennellement :

— Bonjour, je m'appelle Claude Monet. J'aime la lumière de cette plage et j'essaie de la traduire dans une peinture révolutionnaire que mes ennemis, pour se moquer, appellent « impressionnisme »... À Paris, on me méprise car je n'ai pas d'argent pour vivre. Si quelqu'un voulait bien m'acheter ce tableau, pour quelques centaines de francs. Peut-être qu'il en vaudra mille fois plus un jour...

David resta muet, tandis que l'autre éclatait de rire en ajoutant :

— Je ne plaisante pas !

À ces mots, il tira sur sa barbe postiche, tenue par un élastique. Puis il reprit, l'air furieux :

— Car je suis peintre tout de même ! Et j'ai choisi cet endroit pour rappeler aux gens que la peinture ne s'arrête pas à Claude Monet !

Il pointait le doigt vers un panneau surplombant la promenade. Obnubilé par son interlocuteur, David n'avait rien vu. Au-dessus de lui se dressait une immense reproduction agrandie du *Jardin à Sainte-Adresse*, couverte de Plexiglas. Un souvenir du tableau passait sur cette copie délavée par le soleil. Sous la reproduction un texte informait les passants :

À cet emplacement
se trouvait la villa
où Claude Monet peignit en 1867
son fameux
Jardin à Sainte-Adresse

— Vous comprenez ? reprit le jeune artiste qui avait replacé sa barbe de travers. C'est un bon endroit pour présenter mon travail. J'espère obtenir une subvention pour ce concept : « Monet d'hier et Monet d'aujourd'hui »... Qu'en pensez-vous ?

David le regardait avec sympathie, heureux d'avoir atteint le premier but de son voyage. Mais le peintre tendait vers lui son pinceau tout noir en poursuivant :

— Je peins le même paysage que Monet, mais dans une version plus dérangeante. Imaginez Monet après la guerre, Monet après le totalitarisme. Que verrait-il, Monet, dans ce paysage hanté par toutes les souffrances du siècle ? Il ne verrait rien, Monet. Il verrait le noir, la fin, le néant. Regardez plutôt.

Prononçant ces mots, il saisit son œuvre et tourna vers David une toile entièrement noire, en criant :

— Le *Jardin à Sainte-Adresse* noir sur fond noir ! C'est fort, non ?

Cherchant un mot aimable, David finit par prononcer :

— Intéressant !

Et l'autre jubilait en répétant :

— C'est intéressant, n'est-ce pas, intéressant ?

Le jeune Américain écoutait à peine. Il récapitulait le déroulement de cette journée bizarre, dans ce pays tout vibrant de culture où il n'avait encore rien vu de vraiment beau, à l'exception des nuages sur la mer et des souvenirs qui guidaient ses pas.

3

Je te veux

Tout baigne à présent dans une vapeur de plaisir. La lumière poudreuse fait vibrer le zinc sur les toits de Paris. Accoudé au balcon, j'écoute avec ravissement un moteur de mobylette. Habituellement, je trépignerais. Aujourd'hui, j'admire l'obstination de cet apprenti humain casqué qui a trafiqué son pot d'échappement et gâche la vie de tout le quartier, pour s'imaginer sur une moto. Cela me semble délectable et la même béatitude se prolonge dans des détails minuscules : me servir une bière en admirant la mousse épaisse qui se creuse au sommet du verre ; me rappeler la tête furieuse du collègue qui, hier, m'a envoyé ses maquettes à la figure quand je lui demandais s'il pourrait modifier la présentation de mon article sur la taxation du carburant.

Rétrospectivement, cette semaine s'avère aimable en déconvenues. Avant-hier, le propriétaire de *Taxi*

Star m'a convoqué dans son bureau. Je pensais qu'il allait me faire une proposition flatteuse ; il m'a seulement serré l'épaule en affirmant « compter beaucoup » sur moi. À présent, je suis affalé devant une cassette de Jean-Luc Godard, où de jeunes bourgeois absurdes clament leur amour de Mao. Je me demande si ce film est sérieux et je bâille d'admiration, quand tintinnabule la sonnette de l'appartement. D'ordinaire, cette clochette électronique me plongerait dans un état proche de l'angoisse : qui vient me déranger aujourd'hui ? Quel démarcheur vais-je devoir éconduire ? Quel ami euphorique vient m'imposer son ennuyeuse conversation ? Or, aujourd'hui, la même clochette me fait l'effet d'une mélodie touchante et pleine de désir — comme le moteur de mobylette, les klaxons et autres couinement mécaniques par lesquels l'homme moderne exprime sa haine ou sa joie, avec une vitalité de gros bébé.

Cet après-midi, je me réjouis qu'un inconnu espère entamer avec moi un simulacre de relation sociale. Aussitôt, j'abandonne la télé et me dirige vers l'entrée de l'appartement. Mon enthousiasme retombe seulement après avoir ouvert la porte, lorsqu'une masse de chair me colle contre le mur et s'enfonce dans le vestibule, en résumant :

— Je suis allé faire les soldes et je t'ai acheté du

linge propre. Ça sent un peu le vieux garçon, chez toi…

C'est une voix féminine, déterminée, poussée par une mission qui justifie cette brutale entrée en matière. Son corps a filé comme un bolide, laissant flotter une odeur de cigarette qui me permet de suivre sa trace jusqu'à ma chambre. Estelle se tient de dos, tournée vers le placard grand ouvert où elle dispose des draps, des caleçons, des chemises. Alors, seulement, elle tourne dans ma direction son visage un peu fatigué, Gitane filtre au coin de la bouche, cheveux tirés en arrière, maquillage léger, sourire maternel. J'ai rencontré cette femme énergique chez des amis, voilà quelques mois. Nous avons sympathisé. Sans rien exiger en retour, elle se préoccupe de ma vie, m'entraîne le week-end à la campagne, me présente des gens, organise des dîners *chez moi*, pour lesquels elle apporte des plats cuisinés et convie des tablées d'amis, de crainte que je ne m'isole socialement.

Je me demande, en la regardant, pourquoi les petites femmes déploient souvent tant d'énergie. Plus la taille diminue, plus cela tourne à la boule en fusion… Tandis que je m'égare dans ces généralisations, Estelle me contemple avec une volonté généreuse, avant de formuler ironiquement :

— Toi, tu as besoin d'une femme.

Elle se retourne comme une toupie, se dirige vers

la fenêtre qu'elle ouvre en grand, laissant l'air s'engouffrer dans l'appartement. Puis elle balance son mégot au mépris du passant et me regarde encore avec confiance :

— Tu as bonne mine, aujourd'hui.

Elle ne croit pas si bien dire. Flottant sur mon nuage, je la regarde s'agiter sans raison. Je pourrais lui raconter mon expédition à l'hôpital Lariboisière. Mais elle aborde déjà le sujet suivant :

— On va changer les draps. Ça donnera un peu de fraîcheur à l'appartement.

Sitôt dit, sitôt fait, je me retrouve dans la position d'assistant. Suivant les instructions d'Estelle, je passe de l'autre côté du lit ; je retire les draps puis les plie, en m'efforçant de suivre ses mouvement pour remettre entre ses mains les deux coins opposés.

Elle débarque aussi bien les soirs de semaine que pendant le week-end. Au début, j'éprouvais un certain agacement, mais l'énergie d'Estelle me laisse impuissant. D'abord parce que je ne peux prévoir ni le jour ni l'heure, ensuite parce que j'en retire certains avantages matériels et une forme de sécurité affective. Parfois, je la considère comme une bienfaitrice ; j'envisage ces rencontres comme une épreuve positive, un embryon de vie de couple. J'apprécie de voir une personne socialement active me vouer un tel intérêt. L'instinct nourricier guide les gestes d'Estelle qui s'agite à présent avec une éponge et un flacon de détergent dans mon cabinet de toilette, afin de rendre toute sa blancheur à l'émail du lavabo.

À travers ce don d'elle-même, ma nouvelle amie suit probablement un but. Nous n'avons jamais couché ensemble et ses tentatives sont restées discrètes. Pour autant, je pense qu'elle aimerait fusionner avec ma personne, d'abord physiquement, puis par des liens quasi conjugaux. Divorcée, elle file sur ses quarante-cinq ans et n'a pas d'amant. Un peu plus jeune qu'elle — avec encore du charme malgré le déclin de mon ambition —, je représente un parti convenable ; nous pourrions vieillir ensemble. J'ai longtemps préféré ma bande de copains dragueurs, mais nos ventres ont gonflé, nos cheveux tombent, des prétendants plus frais occupent le terrain et ceux de ma génération se mettent en ménage.

Estelle n'est malheureusement pas mon genre : un peu trop engagée dans ses affaires d'avocate, toujours occupée entre son métier, son fils, ses dîners, mon linge. Nous pourrions nous habituer à coucher ensemble, mais je n'irais pas jusqu'à provoquer l'occasion. Comme de son côté elle apparaît toujours entre deux rendez-vous, munie d'un bibelot, d'un paquet de draps, d'un ustensile de cuisine, cette hyperactivité semble incompatible avec l'action sur un sofa. Avant d'entreprendre quoi que ce soit, Estelle se trouve déjà propulsée, par la logique de son agitation, vers la porte, où elle me dit « à bientôt », avant de disparaître précipitamment. Comme je n'insiste pas, rien ne s'est produit depuis notre rencontre, en quatre mois. Et probablement ce manque renforce encore son désir. Dans la rue, une fois, elle a pris ma main dans la sienne mais je me suis délicatement dégagé, embarrassé par ce comportement de couple.

Je l'observe en souriant, tandis qu'elle sort de l'armoire des draps neufs et me les présente sous ses petits seins tendus. À nouveau, nous progressons en parallèle aux deux extrémités du lit, occupés maintenant à border la couverture, à secouer les oreillers dans leurs taies. Aujourd'hui, la vision de cette créature m'emplit de joie. Le désir frémit par ses oreilles et par ses narines, il tend la peau sous son corsage. Et comme je suis également ravi de n'être ni malade ni mourant, je voudrais rendre l'instant plus délectable encore. Par exemple, en partageant cette bière blonde que j'allais boire au moment où la sonnette a retenti. Je voudrais voir les lèvres d'Estelle plonger dans la mousse épaisse. Le lit est prêt. Elle dresse vers moi ses yeux brillants. Elle va parler. Elle ouvre déjà la bouche, tandis que je prononce :

— Tu veux une Kro ?

— Oh oui, j'ai très soif !

Juste un soupir, tandis que je me précipite vers la cuisine, ouvre le frigo, sors deux canettes fraîches et les dispose sur un plateau, avec deux verres et un cendrier. Je me dirige vers le séjour où Estelle pointe vers moi son regard épris. Je lui tends un verre et lève le mien à sa santé. Nous avalons une gorgée, puis cette phrase me vient naturellement :

— J'aime bien la Kronenbourg ! C'est meilleur que la Kanterbrau.

La simplicité de cette idée me met en joie. Je voudrais qu'Estelle m'accompagne dans la rêverie heureuse qui marque ma renaissance. C'est pourquoi je prononce une seconde fois, en fixant toujours ses yeux avec insistance :

— C'est vraiment bon la Kronenbourg !

Je répète cette phrase avec sérieux, concentration, jusqu'à ce qu'enfin les yeux d'Estelle se troublent légèrement et qu'elle répète, d'une voix doucereuse, les mots que j'attendais pour couronner cet instant artificiel :

— OUI, C'EST BON, LA KRO...

Alors, seulement, je l'embrasse et nous filons dans la chambre à coucher.

*

Une heure plus tard, Estelle sort de la douche et retrouve son énergie pour faire le lit, ranger la salle de bains, nettoyer le réfrigérateur, jeter les aliments périmés, donner un coup de chiffon sur les meubles ; autant d'activités entrecoupées par des commentaires (« Dire qu'il nous a fallu quatre mois... ») et des projets pour la soirée. Il est en effet près de dix-neuf heures.

Après m'avoir demandé plusieurs fois quelle genre de dîner me ferait plaisir (chandelles ? ambiance russe ? bistrot français ?), Estelle se rappelle que nous sommes invités chez des amis pour leur anniversaire ; des gens sympas que j'aurai plaisir à rencontrer (l'un d'eux peut éventuellement me pistonner sur une chaîne câblée ; il a certainement besoin d'un esprit vif comme le mien). En moins de deux, me voilà habillé de vêtements choisis par elle : un vieux costume Saint-Laurent et une chemise grise qui souligne la plénitude de mes yeux. En moins de trois, nous marchons dans la rue sombre et froide, bras dessus, bras dessous, en route pour l'apéro chez ces gens qui habitent la banlieue. Mais il faut commencer par récupérer la voiture d'Estelle, garée dans un parking à l'autre bout de Paris.

Dévalant l'escalier du métro, j'éprouve un pincement d'angoisse en songeant au poids qui vient de me tomber dessus : une femme. Mais je jubile à nouveau en franchissant frauduleusement le portillon automatique, collé au cul d'Estelle, titulaire d'une carte Orange. Aussitôt, je suis arrêté par une bande de contrôleurs qui m'infligent une amende de trois cent dix francs. Cachés derrière les portillons, ils se déplacent en patrouille de six par peur des voyous. Ils m'ont sauté dessus tous ensemble, vêtus du même uniforme marron et de la même casquette, satisfaits de tenir une proie facile, normale, bien habillée, en couple. J'ai presque envie de les féliciter, tandis qu'Estelle négocie, énonçant des arguments absurdes pour m'épargner cette amende : « Il est au chômage » ; « Il fait de la dépression » ; « Obéiriez-vous aux ordres, si on vous demandait de garder un camp de concentration ? » Elle s'épuise et je préfère sortir l'argent de ma poche, signer ce qu'on me demande puis saluer les inspecteurs avant de rejoindre les voies en compagnie de ma fiancée.

L'itinéraire est long, mais j'apprécie les odeurs de la foule compacte. Le trajet en auto se révèle plus éprouvant, d'abord à cause des embouteillages, puis de cette banlieue où l'on s'égare continuellement, bien que nos hôtes habitent, comme d'habitude, «juste à côté de Paris». Estelle est au volant (c'est curieux : je rédige un journal pour les taxis mais je n'ai pas mon permis de conduire). Sous la lumière sinistre des éclairages publics se succèdent les lotissements lugubres, les parcs grillagés, les terrains vagues, les centres commerciaux. Nous nous perdons dans des impasses, faisons demi-tour jusqu'à la frontière d'une cité sensible. J'apprends à aimer cette lenteur du temps, cette recherche d'un but de plus en plus improbable. Des sièges d'entreprises minables s'alignent le long des routes, tous bâtis comme des hangars, dans les mêmes matériaux préfabriqués. Ni architecture, ni esprit, ni douceur de vivre ; seulement le décor minimal d'une humanité mécanique se déplaçant au moyen de véhicules automobiles, sous lesquels couvent des désirs, des illusions, des détresses ou des bonheurs fugaces comme le mien, aujourd'hui.

Je ne sais que dire à Estelle, mais cela n'a guère d'importance car elle parle sans interruption, réfléchit à la possibilité d'habiter chez moi (ou moi chez elle), de passer les vacances en ma compagnie. Il n'est pas encore question d'union civile. Mais pourquoi pas un petit concubinage et la perspective d'un enfant ? Avec moi, ce serait plutôt une fille ! Estelle éclate de rire.

— Je plaisante ! Si tu savais comme je m'en fiche. D'ailleurs, je suis trop vieille !

Comme la voiture reste bloquée dans un ralentissement sur la bretelle d'accès au supermarché Mutant, elle tourne les yeux vers moi et affirme tendrement :

— L'important, c'est toi...

Saisi par le même désir d'harmonie qui m'a envahi tout à l'heure, à propos de la Kronenbourg, je me tourne alors dans sa direction et prononce à mon tour :

— L'important, c'est toi...

Elle m'embrasse tendrement, puis aborde la question professionnelle. Estelle me voit comme un journaliste talentueux, trop intelligent pour m'enfermer dans la routine de *Taxi Star.* À ses yeux, je devrais entrer dans l'équipe dirigeante ou fonder ma propre boîte. Je me réjouis d'entendre ces paroles flatteuses — tout en sachant que je n'ai plus le courage d'entamer les combats qui président à une ascension sociale. Pour gagner de l'argent, je préférerais tenter de nouveau ma chance au cinéma ; trouver les fonds nécessaires pour ce long-métrage de moi sur moi.

Comme j'exprime cette idée en quelques mots, Estelle se tait. Renfrognée, elle appuie sur l'accélérateur et progresse de plusieurs kilomètres dans une direction inutile avant de revenir au même sens giratoire qui se trouve, en fait, juste à côté de la maison de ses amis. Enfin, la Citroën Picasso entre dans un lotissement cossu dont l'architecture néo-campagnarde et les grandes pelouses signalent que logent ici des cadres supérieurs.

Par leur façon de vivre, les amis d'Estelle voudraient incarner une sorte de bohème moderne. Elle m'a prévenu et j'en ai bientôt la confirmation. Le mari apparaît sur le pas de la porte, éclairé par un faux bec de gaz orange. L'homme d'à peine quarante ans en pantalon écossais et veste de golf nous indique où garer la voiture, tout en nous rassurant sur l'éprouvant trajet que nous venons d'accomplir :

— Vous voyez que ce n'est pas loin, la banlieue, hein ? Sauf qu'ici nous sommes presque à la campagne, la nature, les petits oiseaux !

Une ligne à haute tension surplombe ce village sans vie, enclavé entre deux routes dont on perçoit le bourdonnement continu. Estelle affirme que je suis une sorte de directeur au sein de mon groupe de presse. Les yeux de Paul s'illuminent et il dit :

— Super !

Estelle ajoute qu'en plus je suis un rêveur, un artiste. Les yeux de Paul s'écarquillent davantage derrière ses lunettes :

— Ça me fait vraiment plaisir. Tu sais, nous aussi, nous sommes un peu bohème ! On se tutoie ?

Tandis qu'il prononce ces mots, j'étudie son visage gonflé par les déjeuners et sa chevelure passablement dégarnie ; une étape intermédiaire entre l'étudiant blondinet et le cadre supérieur chauve. Mais cet écoulement du temps me semble réjouissant, puisqu'il constitue notre lot commun.

Paul nous précède dans l'entrée de son pavillon bohème ornée de gravures qui représentent des costumes traditionnels bretons. Dans le salon bohème, un canapé fait face au téléviseur, sous plusieurs reproductions d'affiches encadrées : des films comiques où l'on reconnaît Fernandel et Raimu.

L'épouse bohème sort de la cuisine où mijote un plat qui sent l'ail et la tomate. Blonde, encore jolie mais déjà grosse, Laure exerce la profession d'assistante-manager dans une entreprise de consulting. Comme Estelle, elle adore l'opéra et les deux femmes se demandent si nous n'allons pas nous rendre, tous les quatre, au prochain festival d'Aix-en-Provence. Cependant, le mari m'entraîne au fond du jardin pour contempler la rivière : un petit cours d'eau noire et puante qui sépare le lotissement du centre commercial Mutant.

En temps normal, je chercherais par tous les moyens à m'enfuir. Ce soir, rien n'altère ma bonne humeur, pas même l'intrusion d'une adolescente anorexique de treize ans et demi qui, sans rien dire, va s'enfermer dans sa chambre où elle lance à tue-tête un disque de punk rock. Pas davantage l'arrivée des autres invités, Margaret et Teddy. Ce dernier dirige la régie publicitaire d'une nouvelle chaîne sportive et apparaît comme le héros de la soirée. Habillé en jeans et chemise noire, toujours un cigare à la bouche, on sent qu'il fait une concession amicale en participant à ce dîner, malgré ses occupations.

Persuadée que j'ai une chance à saisir, Estelle s'évertue à me mettre en valeur, mais Teddy me regarde à peine et je n'accomplis aucun effort pour attirer son attention. Je m'ennuie agréablement, fixant mon ouïe sur les expressions qui passent d'une rive à l'autre de la table. Dans cette pêche miraculeuse, quelques mots reviennent pour garnir mon épuisette : « niveau », « marge », « marché », « crédit », « bohème »… À partir du dessert, j'ai envie de dormir, mais je lutte pour faire honneur à ma fiancée qui, sous la table, a pris ma main dans la sienne. Elle me protège et je m'assoupis. L'homme qui doutait vient de mourir. Parce qu'il n'avait su ni comprendre ni estimer à sa juste valeur la beauté concrète et quotidienne du monde réel. Guidé par Estelle, je me sens comme un adolescent qui découvre la vie, une seconde fois.

4

Le centre du monde

L'année de mes quinze ans, je vivais dans la forêt vierge. Accrochées au plafond, d'innombrables branches de lierre tombaient dans ma chambre comme des rideaux de lianes transpercés par une lumière végétale. Les objets se perdaient derrière les feuillages. Au fond de la mansarde gisait un piano désossé. Posé sur le sol, dans un coffre en bois clair, l'électrophone des années cinquante labourait des disques dépareillés : jazzmans et compositeurs d'avant-guerre récupérés dans les caves et les greniers familiaux.

Rêvant dans ma forêt artificiellement créée en pleine ville du Havre — grande cité froide et ventée —, j'avais une prédilection pour les musiques brésiliennes de Darius Milhaud, spécialement pour ce ballet composé au retour d'un voyage à Rio : *L'homme et son désir.* Une musique pleine de flous, de songes, d'égarements sous les arbres géants. Les chœurs chantaient dans cette végétation fantastique où passait une immense parade de percussions, bientôt recouverte par l'humidité tropicale. Le reste du temps, allongé sur le sol entre les deux haut-parleurs, j'écoutais fortissimo les disques de Led Zeppelin. À force de démonter l'électrophone et de brancher plusieurs enceintes en série, je m'étais inventé une illusion de stéréophonie pour imiter les chaînes hi-fi de mes camarades.

Le soir, affalé sur des coussins entre les feuillages, je faisais brûler une baguette d'encens dont j'aspirais la fumée en toussotant, persuadé que l'effet des parfums orientaux ressemblait à celui des drogues. Les paradis artificiels constituaient encore un horizon flou dans cette ville de province, quelques années après Mai 68. Avec délectation, je lisais *Le haschisch*, de Théophile Gautier. Une feuille de papier devant moi, j'improvisais des poèmes automatiques, des enchaînements de mots rythmés. J'étais moderne. Derrière les carreaux, quelques lumières brillaient au sommet des tours. La pluie tombait. Le vent soufflait sur la mer.

Certains après-midi plus moroses, je m'installais à la fenêtre et j'entreprenais de compter les voitures pour établir des statistiques, déterminer la proportion exacte de Renault, de Peugeot, de Volkswagen.

Je partais en vélo pour de longues promenades à

travers le Havre. Dévalant les rues jusqu'au centre-ville, je passais devant les murs d'une ancienne brasserie qui répandait dans le quartier une odeur de houblon. Des camions chargés de fûts quittaient cette usine située au cœur de la ville. Lors d'une sortie d'école, nous avions découvert les cuves où se préparait la mixture fermentée d'orge et de levure ; nous avions visité les nouveaux ateliers où la bière était mise en bouteilles sur des tapis roulants entièrement robotisés. Rachetée par une société plus importante, la brasserie fut détruite quelques années plus tard, dans le cadre d'un « regroupement stratégique ».

Déboulant sur mes deux roues, je traversais les artères dessinées par l'architecte Auguste Perret, au lendemain de la Seconde Guerre mondiale. L'avenue principale dégageait une beauté monumentale avec ses immeubles néo-classiques ornés de frontons sculptés. La haute tour de l'église Saint-Joseph se dressait comme un rêve de gratte-ciel, dominant la cité surgie de ses ruines. Pédalant contre le vent des boulevards, je traversais le parvis de la mairie avec ses jets d'eau et son immense tour carrée. À l'ouest, les alignements de béton dessinaient une perspective triomphale jusqu'à la plage. L'architecture jouait avec la mer et avec le ciel. Après le pont à bascule, je longeais encore le bassin du Roy, puis je m'enfonçais dans le port.

Les vieux quais conservaient une certaine activité. Des cargos accostaient. Les grues roulantes dressaient leurs cous de girafes métalliques par-dessus les hangars. D'immenses plans d'eau séparaient des contrées inaccessibles : là-bas des silos à grains vastes comme des cathédrales ; ici des hectares de docks abritant des champs de coton. Mon vélo suivait le sillon des voies ferrées. Quelques individus s'égrenaient le long des bassins : pêcheurs à la ligne sur des tabourets, groupes de dockers sous les grues, en train de décharger des sacs de café. Je m'arrêtais pour admirer de vieilles cordes d'amarrage couvertes d'algues et de coquillages, abandonnées par terre comme de grands serpents tropicaux. Autour de la centrale thermique s'élevaient des collines de charbon d'Argentine, où les tapis roulants venaient puiser leur combustible. Les cheminées hautes de trois cents mètres jetaient dans l'air une fumée sulfurée.

Derrière la centrale commençait le paysage que je préférais. En prolongement du port, j'apercevais les prairies de l'estuaire transformées en terre de feu : une immense zone industrielle avec ses raffineries, ses unités pétrochimiques, ses firmes d'automobiles, ses fabriques de plastique, de titane et autres matières premières de la production mondiale étalées sur la campagne fertile. Les usines ressemblaient à des laboratoires déments. Des tuyaux multicolores, enroulés sur eux-mêmes comme des paquets de boyaux, plongeaient dans des alambics avant de remonter vers les cheminées qui jetaient des flammes grasses et une fumée noire. Sans émoi écologique, j'admirais ces beautés sauvages et peu convenues, rêvant de voir Le Havre rogner les campagnes et grandir sans fin, telle une ville de fiction digne des romans de Jules Verne.

Reprenant mon chemin, je longeais les bassins jusqu'au sémaphore dressé à l'entrée du port. J'accrochais mon vélo devant le musée des Beaux-Arts, puis j'allais traîner dans les salles ouvertes sur le ciel et sur la mer, d'un même gris vaporeux. Anciens mutilés de guerre, les gardiens s'ennuyaient dans cet édifice désert. Pour occuper leur fin de journée, ils se dirigeaient vers moi comme les morts vivants d'un film d'horreur. La bande de manchots m'épiait à distance. Pour les inquiéter, je disparaissais derrière un oiseau de Braque puis je resurgissais, dix mètres plus loin, devant une falaise fleurie de Monet. Quand ils croyaient m'avoir rejoint, je les saluais par le balcon du premier étage. Ils prenaient l'ascenseur, mais je descendais par un escalier jusqu'au petit violon rouge de Raoul Dufy. Ainsi de suite, les gueules cassées s'exténuaient jusqu'aux salles contemporaines où je les attendais devant une vache de Jean Dubuffet.

L'histoire de l'art moderne reliait tous ces peintres à l'histoire de la ville où ils avaient grandi, un siècle plus tôt, quand les voyageurs affluaient sur les quais du port et que Le Havre se situait au centre du monde. À quinze ans, par les fenêtres du musée, je regardais la jetée et la mer comme l'horizon toujours ouvert où retentissait la sirène d'un paquebot, revenant de New York pour la dernière fois.

*

Camille avait dix-sept ans. Dès la rentrée, j'étais tombé amoureux de cette rebelle du collège catholique — toujours à l'écart dans la cour de récréation, en train de compulser des manuels de psychanalyse, des poèmes de Lautréamont ou la correspondance de Marx et Engels. Elle séchait les cours. Quand le surveillant général la menaçait d'expulsion, elle lui signifiait son mépris de l'autorité. Sa voix grave et affirmative, sa chevelure en bataille, ses taches de rousseur lui donnaient une allure de femme sauvage, indifférente au troupeau d'enfants qui l'entourait. Timidement, je m'étais approché pour lui parler, sans succès. Puis j'avais acheté quelques volumes de Freud et commencé à les feuilleter non loin d'elle, osant parfois m'approcher pour poser quelques questions sur le bien, le mal, la révolte, les rapports de l'Évangile avec la psychanalyse.

Je naviguais alors dans un christianisme de gauche, un idéal de fraternité sociale ; un boy-scoutisme modernisé qui ne tarda pas à vaciller devant la froide logique de la sexualité ou de la « révolution ». Le monde de Camille m'attirait et m'angoissait. Je voulais la suivre sur ces chemins plus graves — sans pouvoir renoncer à ma conception douce de l'existence. Ma ferveur finit cependant par attirer l'attention de l'adolescente qui me proposa, un jour, de rentrer avec elle à pied.

Je n'osais me révéler amoureux, sentant bien qu'elle me voyait comme un gamin. Ses émois allaient vers des sujets plus âgés et plus délinquants, élèves des grandes classes du collège. Pourtant, comme je lui récitais quelques vers d'Apollinaire, elle me regarda avec intérêt et parla de Paris, des surréalistes, de Saint-Germain-des-Prés. Notre promenade s'attarda un instant sur la plage puis devant l'immeuble où vivait Camille. Au cours des semaines suivantes, je pris l'habitude de grimper chez elle. Dans sa chambre, les refrains amoureux de Léo Ferré instillaient un romantisme Quartier latin. Accrochée au mur, une photo en noir et blanc de Jean-Paul Sartre et Simone de Beauvoir au café de Flore semblait nous inviter à les rejoindre dans la capitale.

Camille vivait chez sa mère, divorcée. L'appartement servait de quartier général à une bande d'amis qui militaient dans des groupes gauchistes. Le favori de Camille — un Parisien en pension au Havre après une série de renvois — nous racontait que, là-bas, le rock, la liberté, la poésie, le sexe, la politique, la drogue s'écoulaient à foison. Et nous l'écoutions comme si, à Paris, se jouait toujours la « grande » histoire. Le samedi après-midi, nous allions au cinéma, puis dans un bistrot du centre-ville où je découvrais le plaisir d'entrer dans un monde prohibé. Les cheveux longs dégageaient des senteurs de patchouli. De la pop américaine bourdonnait sur les enceintes. Le vieux patron efféminé savait donner aux nouveaux venus l'impression d'être des habitués. Des lycéens lisaient Antonin Artaud.

Camille parlait sans cesse de « fascisme », de « révolution », de « lutte à mort », du jour où il faudrait « choisir son camp ». J'avais moi-même la conviction d'appartenir au camp du progrès, de la liberté, de la justice — mais je comprenais mal la nécessité de tuer autant de personnes et ne me sentais pas tellement pressé de dresser des barricades. Elle m'insultait, me traitait de petit-bourgeois, me montrait en exemple Bakounine et les enragés. Je rêvais d'une anarchie plus légère. Le lendemain, nous parlions à nouveau de poésie et elle m'offrait un livre d'André Breton. Notre liaison ressemblait à un flirt. Camille voulait bien me considérer comme son jeune prétendant ; mais je voyais bien que d'autres la mettaient dans des états de transe ou d'épuisement très au-dessus de mes capacités.

Au cours des vacances de Pâques, comme elle séjournait chez son amant parisien, elle m'invita à la rejoindre pour une journée dans la capitale. Le Havre n'était qu'à deux heures de train. En fin de matinée, j'arrivai gare Saint-Lazare. De grands cinémas pornos se dressaient en bas de la rue d'Amsterdam, surplombant les brasseries et les hôtels du début du siècle. Je m'enfonçai dans la foule des employés de bureau, des artisans et des commerçants, heureux de débarquer dans ce Paris aux murs tout noirs.

Nous avions rendez-vous sur les marches de l'Opéra. Camille m'entraîna sur les boulevards qui commençaient à fleurir. Elle semblait détendue, heureuse, prenant ma main dans la sienne. L'après-midi, après avoir flâné chez les bouquinistes, nous nous sommes assis à une terrasse de café. Côte à côte comme Sartre et Beauvoir, nous avions posé sur la table un exemplaire du *Monde libertaire* et j'éprouvais une émotion printanière. En fin de journée, elle me raccompagna gare Saint-Lazare. Deux cents kilomètres durant, je collai tristement le visage contre la vitre. La vallée de la Seine défilait sous mes yeux, glissant entre les arbres vers son embouchure. Laissant Camille aux bras d'un autre, je rentrais au Havre, loin du centre du monde qui m'attendait.

Je vis apparaître les premières fumées de la zone industrielle, les brumes du port, les cheminées de la centrale thermique, le gris infini des blocs de béton, cette ville larguée devant la mer, où il fallait s'inventer une sorte de poésie.

*

L'occasion de retourner à Paris se présenta sous l'aspect d'un faire-part. Les cousines se marient généralement à la Pentecôte et la mienne comptait bien sur ma présence. Patron d'un énorme cabinet d'architectes, son père possédait une somptueuse propriété près du parc de Saint-Cloud. Je ne connaissais guère mon oncle, mais sa femme nous rendait parfois visite au Havre. Passionnée d'art, elle avait apprécié les décorations végétales de ma chambre, au grand étonnement de mes parents.

Je cultivais alors un accoutrement négligent, fait de vêtements amples et multicolores, de cheveux emmêlés et de chaussures trouées. Une heure avant le départ pour Paris, un conflit éclata avec ma mère qui m'opposait une conception bourgeoise du mariage et de la tenue qu'on porte en la circonstance. Me voyant partir comme un jeune baba cool, sac de toile en bandoulière, elle poussa un cri. Il fallut négocier puis affronter mon père qui crut bon de manifester son autorité. Reprenant le vocabulaire de

Camille, je recourus aux qualificatifs de « fasciste » et « petit-bourgeois », auxquels répondirent ceux de « petit con » et de « morveux ». Se sentant coupable, ma mère interrompit un début de bagarre et l'affrontement se solda par une demi-victoire : j'avais imposé la plupart de mes vêtements, à l'exception des chaussures trouées, remplacées par des mocassins empruntés à mon père.

Cette mince concession pesa lourdement sur le voyage. Non seulement, je trouvais ces chaussures tout juste dignes d'un élève de section commerciale, mais elles juraient foncièrement sur l'esthétique du reste. La paire de provinciaux souliers du dimanche, enfilés exprès pour la cérémonie, contrastait ridiculement avec les cheveux longs, la chemise arc-en-ciel et le pantalon de toile. Comment cacher ces pieds — moi qui m'étais promis de briller chez mes cousins comme un futur Parisien ?

La propriété se dressait sur une avenue pour millionnaires. Une grille, au fond du jardin, permettait d'accéder directement aux futaies du parc de Saint-Cloud. C'était une maison cubiste, un rectangle de pierre et de verre posé sur la verdure, un peu comme la « maison sur la cascade » de l'architecte américain Frank Lloyd Wright. Ouvert sur le parc, le grand salon était orné de tapisseries et de toiles abstraites. Des oiseaux exotiques traversaient la pièce d'une volière à l'autre. J'arrivai en début d'après-midi, empêtré dans mes chaussures. Sans y prêter attention, ma tante m'embrassa puis me présenta ses enfants — garçons et filles de vingt à trente ans qui traînaient dans les canapés, dans les cuisines, dans le jardin et semblaient enchantés d'accueillir leur cousin du Havre.

Dans cette famille fortunée régnait une apparente béatitude. Empreints d'un sourire permanent, les visages indiquaient qu'il n'y avait aucun problème. Non seulement ils me posaient des questions, mais ils paraissaient même s'intéresser aux réponses — ce qui achevait de me mettre à l'aise. On se prenait par l'épaule, on partait discuter au fond du jardin, comme si l'on se côtoyait depuis l'enfance. Ils s'émerveillaient de mes activités en buvant du champagne, et l'on aurait dit que l'essentiel de la vie se concentrait dans certaines questions de lecture ou de musique. Tout était si confortable, si généreux, qu'au bout d'un moment j'avais l'impression d'être chez moi.

Une de mes cousines, grande hippie chic à longue chevelure, s'exprimait toujours avec un surcroît de vitalité joyeuse, à la façon des Américaines. Elle m'entraînait partout, me présentait à ses copains. Aux yeux de tous, j'étais « un cousin superdoué qui va commencer ses études de cinéma ». Sur le piano à queue traînaient quelques partitions d'Erik Satie et elle me proposa d'essayer. M'asseyant au clavier, je posai les premiers accords d'une *Gnossienne* très facile à bien jouer. Soudain, convergeant des extrémités de la pièce, les convives vinrent s'agglutiner avec des sourires enchantés. Ils m'écoutaient. Je terminai le morceau dans un silence parfait, puis un déluge d'applaudissements, des exclamations : « Fantastique ! Super ! » Adopté, je voyais arriver d'autres coupes de champagne et des cigarettes, tandis que des bras m'entraînaient vers le jardin où l'on voulait tout savoir sur mes projets.

La nuit tombait. La foule d'invités grossissait, arrivant de Paris en DS noires avec chauffeurs. Vers onze heures, ma tante m'entraîna dans son appartement pour me montrer quelques tableaux achetés à ses amis peintres. Puis elle alla se coucher avant l'arrivée de son mari. Divorcé depuis plusieurs années, celui-ci possédait un hôtel particulier dans le XVIe arrondissement et se lançait dans des projets architecturaux de plus en plus fous pour combler ses dépenses fastueuses et les pertes de son agence. Peu avant minuit, il fit une apparition rapide, échangea quelques mots avec des hommes d'affaires cravatés, embrassa ses enfants et disparut presque aussi vite.

Une heure plus tard, errant d'une pièce à l'autre, je tombai sur une projection de diapositives organisée par un cousin qui présentait l'œuvre architecturale de son père. Le groupe se tenait dans l'obscurité, sur des chaises et un canapé. Les photos défilaient, commentées par le fils, lui-même étudiant en architecture. Il parlait de « système », de « plan urbain », de « dalles ». Sur l'écran se succédaient des cités de banlieue, des barres de HLM, comptabilisées en unités de logements et assemblées comme un jeu de Lego. Les explications ne manquaient pas d'intérêt mais quelque chose me semblait bizarre, car il n'y avait rien de commun entre l'œuvre de mon oncle pour lui-même (cette maison de rêve où je flottais d'un sourire à l'autre) et son œuvre professionnelle (kilomètres d'immeubles édifiés sur des terre-pleins, selon des méthodes de construction rapides, avant de se transformer en ghettos urbains) ; comme si la modernité incluait à la fois le plaisir et l'oppression.

Nous buvions du champagne. Des créatures de rêve s'approchaient de moi. Pour me dessoûler, j'accomplis quelques brasses dans la piscine, puis la soirée se prolongea dans une propriété du quartier, chez des voisins qui avaient créé un groupe de rock. Non pas un groupe comme ceux que je connaissais au Havre, où l'on répétait avec une batterie d'occasion et un orgue mal amplifié. Non, un groupe d'amateurs friqués, doté d'appareils électroniques, de guitares Gibson et de murs d'enceintes. Ils étaient tous sympas, détendus, accueillants, différents des rockers disjonctés du Havre. Ils venaient d'obtenir un petit succès au hit-parade. Cools comme de jeunes Californiens, ils semblaient flattés que je m'intéresse à leur matos. Pour me remercier, ils me tendirent un premier joint d'herbe dont l'euphorie m'accompagna jusqu'au matin.

Le lendemain se déroula au bord de la piscine. Avant le retour au Havre, mes cousines précisèrent que j'étais «invité en permanence». Ma chambre était prête et nous allions faire de grandes choses ensemble. Quelques heures plus tard, égayé par les bulles, je traînais dans le quartier Saint-Lazare en songeant qu'il me faudrait, très vite, rejoindre ce lupanar artistique. Pour l'heure, je devais reprendre le train, continuer à pédaler sur les quais du port, rêver de New York au bord de la mer, fumer des cigarettes au bistrot en parlant d'amour et d'anarchie.

5

Ophélie

Si ça ne vous plaît pas, changez de voiture !

Dans le hall de la gare du Havre, David consulta l'horaire des trains pour Paris : prochain départ dans quinze minutes. Il voulut acheter un billet mais tous les guichets étaient fermés, à l'exception d'un seul derrière lequel s'étirait une longue file d'attente. David prit son tour. Chaque voyageur demandait indifféremment un billet Le Havre-Paris. Chaque fois, le guichetier consultait longuement son ordinateur, proposait plusieurs tarifs, enregistrait des données, confirmait des informations, attendait que le système se débloque et que l'imprimante veuille bien délivrer le reçu… Deux minutes avant le départ du train, l'Américain récupéra enfin le ticket et se précipita vers le quai.

Habitué aux tortillards américains, il apprécia la

rapidité du train. Le wagon confortable filait dans la campagne normande. De grosses vaches brunes à taches blanches broutaient sous les pommiers ; les campagnes fleuries des méandres de la Seine correspondaient exactement à l'idée qu'on se fait d'un paysage français. Pourtant, quelque chose de plus banal se dégageait des villes où le train passait. Cela commençait toujours par un paquet de maisons identiques, séparées par des allées goudronnées. Puis les lotissements faisaient place à des zones commerciales entourées de parkings où se regroupaient diverses activités humaines surplombées d'enseignes (David releva les marques d'Informatix, Meublenkit, Gymnastic et Boufforama). Enfin le train ralentissait jusqu'à la gare située dans un quartier historique : résidu de ville ancienne coincé au milieu de l'agglomération. D'une cité à l'autre, l'étendue des zones intermédiaires débordait indéfiniment sur les campagnes. Puis le train replongeait dans les prés bordés de peupliers ; un joli château, une portion d'autoroute.

David rêvassait lorsqu'une sonnerie métallique retentit dans la voiture. Il sursauta, reconnaissant le thème de « L'hymne à la joie ». Une voix d'homme hurla :

— ALLÔ ? OUI C'EST MOI ! JE T'ENTENDS MAL PARCE QUE JE SUIS DANS LE TRAIN…

Dressant la tête au-dessus du siège, le jeune

homme aperçut un imposant quadragénaire décoré d'une cravate à fleurs, appuyant contre son énorme tête un minuscule téléphone portable :

— OUI, ÇA VA. MON TRAIN ARRIVE VERS CINQ HEURES COMME PRÉVU. JE SERAI À LA MAISON À SEPT HEURES COMME PRÉVU...

D'autres passagers semblaient légèrement apeurés par l'autorité de cette voix qui s'épanchait. David dirigea vers le monsieur une mine désapprobatrice. Sans réagir, l'autre poursuivait :

— MAINTENANT, ON APPROCHE DE MANTES. J'APERÇOIS LES CHEMINÉES DE LA CENTRALE THERMIQUE. ON N'A PAS DE RETARD... SINON, ÇA VA ?

Les voyageurs attendaient une accalmie pour replonger dans leur lecture. Prenant l'initiative, David éleva la voix avec un léger accent yankee :

— Vous avez oublié de dire que le contrôleur vient de passer et qu'il a contrôlé votre billet !

Le gros homme s'interrompit, troublé. Un instant il se demanda si David était sérieux. Puis, comprenant que l'autre se moquait, il chercha une phrase et s'écria :

— SI ÇA NE VOUS PLAÎT PAS, CHANGEZ DE VOITURE !

L'Américain se demanda s'il existait des wagons spéciaux. Les autres voyageurs, pourtant, semblaient le soutenir en silence. Écumant de rage, l'homme tourna encore son coup de bœuf étranglé par la cravate fleurie. Brandissant son portable, il lança à David :

— MOI, JE TRAVAILLE, MONSIEUR !

Et comme pour appuyer ses dires, il reprit sa conversation en hurlant dans l'appareil :

— JE SUIS SORTI DU BUREAU À DIX-HUIT HEURES COMME D'HABITUDE...

Replié sur son siège, David s'efforçait d'écouter cette conversation comme une musique traditionnelle de la France contemporaine, faisant écho au défilé des banlieues de plus en plus denses. Paris approchait. Le train franchit plusieurs fois le fleuve. Avec émotion, David aperçut au loin la butte Montmartre, puis il plongea dans un large fossé où se resserraient les voies ferrées. Collé à la vitre, le voyageur aperçut enfin, surplombant les voies, un authentique paysage parisien avec ses immeubles à six étages et ses toits de zinc : la ville des impressionnistes, préservée comme un noyau intact au cœur de l'agglomération.

Saisi par l'émotion, il suivit les voyageurs vers le hall des « pas perdus ». Sous l'immense dôme métallique où gloussaient des pigeons se croisaient Parisiens, banlieusards, étrangers, clochards, vagabonds... Fendant la foule, un groupe de militaires en treillis, armés de mitraillettes, traînait à l'affût d'invisibles terroristes. Porté par le flux des corps,

David finit par déboucher sur le parvis de la gare et s'arrêta pour respirer. Paris se tenait là, devant lui. Paris dont l'allure générale semblait intacte avec ses façades grises, ses brasseries au rez-de-chaussée, ses entrées de métro, ses autobus et ses taxis, glissant tant bien que mal dans la circulation trop dense.

Deux détails imprévus attirèrent toutefois l'attention du nouveau venu. D'abord, juste devant lui, plantée au pied de Saint-Lazare, une grande sculpture moderne constituée d'horloges ramollies et tordues se dressait comme un défi à la précision des chemins de fer. Avec exactitude, les trains déversaient chaque matin des milliers de travailleurs sur cette place où l'œuvre d'art rappelait à chacun la futilité des horaires. C'était subtil. D'autre part, après avoir jeté un coup d'œil circulaire sur le quartier, David remarqua la profusion de magasins ornés de croix vertes clignotantes. Un devant, un à gauche, un à droite. Des clients entraient et sortaient de ces commerces prospères. Ajustant son regard, il finit par discerner le mot « Pharmacie ».

Où David fait la connaissance de Marcel

David n'avait aucun rendez-vous à Paris. Juste un nom inscrit sur son carnet de voyage : Ophélie.

Il aurait pu suivre l'itinéraire touristique, visiter

les musées, boire des verres de vin blanc au Quartier latin, mais il n'arrivait pas comme un visiteur ordinaire. Guidé par son amour de l'esprit français, il rêvait d'atteindre le cœur vivant de cette ville, d'y retrouver le sillage des peintres et des poètes. Pour cela, Ophélie apparaissait comme l'intermédiaire idéale. Dès leur premier contact par e-mail, il avait adoré cette Parisienne habituée des lieux où se perpétuait la vie d'artiste.

Avant même de songer à se loger, David se dirigea donc vers une cabine téléphonique ; il tira la porte et voulut insérer une pièce de monnaie dans l'appareil, mais les téléphones publics marchaient avec des cartes spéciales. Il en acheta une au kiosque voisin, retourna vers la cabine et composa le numéro d'Ophélie. À la deuxième sonnerie, le répondeur se déclencha. David entendit quelques accords de piano, puis une voix de femme récitant ce quatrain inspiré de Verlaine :

Voici des fruits, des fleurs, des feuilles et des branches.
Et puis ce répondeur qui enregistre tout.
Ne l'envahissez pas d'une voix qui s'épanche
Et qu'à mes deux oreilles le message soit doux.

Ému d'entendre la voix d'Ophélie (il ne connaissait que sa photo, sur l'écran d'ordinateur), il goûta le timbre suave, la belle articulation. À son tour il prononça :

— Chère Ophélie, votre serviteur américain vient de poser le pied à Paris...

À peine achevait-il que des grésillements parasitaient la ligne, comme les bruits d'une porte qu'on déverrouille. Soudain, une voix vivante se superposa à l'enregistrement dans un effet Larsen. Ophélie intervenait en direct :

— David ? L'ami des poètes ? Je répétais justement *Une saison en enfer* que je présente le mois prochain sur la chaîne Cyberplanète... Mais qu'importe. Où êtes-vous ?

— Devant la gare Saint-Lazare, mon train arrive du Havre où j'ai débarqué hier par bateau...

— Vous savez voyager ! Quel plaisir de vous entendre. Vous me changez de tous ces goujats. Je passe vous chercher, nous irons boire une tasse de thé. Une demi-heure de patience !

— Je vous attends devant la gare. Je porte un costume blanc, un canotier et une valise !

— Le temps de sortir Marcel, et je suis à vous.

Que voulait-elle dire par « sortir Marcel » ? David supposa qu'il s'agissait d'un chien. Trente minutes passèrent. Un flot de corps s'écoulait entre la gare et le métro. Cœur battant, le jeune homme épiait les visages, espérant reconnaître son égérie. Mais il ne voyait que des femmes en jogging aux chevelures frisottées de starlettes américaines. Rien qui ressemble à l'idée qu'il se faisait d'Ophélie. Dix minutes s'écoulèrent encore, quand deux coups de klaxon retentirent. Il se retourna. En bordure de la gare, derrière un feu rouge, s'étirait une file d'automobiles. À nouveau, il entendit ce klaxon nerveux, accompagné d'appels de phares émanant d'une minuscule voiture — un modèle anglais des années soixante-dix. La portière s'entrouvrit et David vit apparaître une petite femme couverte d'une longue cape noire, qui agitait la main dans sa direction.

Il fit un signe. Le feu était passé au vert et l'auto d'Ophélie bloquait toute la rue. Les avertisseurs couinaient derrière elle, avec un son très différent des klaxons américains. Tirant sa valise à roulettes, David courut vers la voiture. Une jambe sur la chaussée, la jeune femme criait pour le rassurer :

— Aucune importance, ce sont tous des malotrus ! Heureusement, Marcel et moi nous ne nous laissons pas impressionner !

Le feu repassa au rouge. Profitant de ce répit, David s'immobilisa devant Ophélie. Petite, le teint mat, la chevelure noire, elle ressemblait aux jeunes Espagnoles qu'il croisait parfois dans son quartier à New York. Femme de trente ans plutôt boulotte, mais l'allure décidée, elle avait les yeux sombres, les joues rondes et les lèvres rehaussées par une teinture carmin. Sous sa grande cape noire de Zorro, elle portait un blue-jean et un corsage blanc. Désignant le capot de sa voiture, elle annonça :

— Je vous présente Marcel.

Ils s'engouffrèrent côte à côte, tandis qu'Ophélie précisait :

— Marcel m'accompagne partout : c'est bien plus qu'une bagnole. Il conduit mes aventures — exactement comme Proust conduit mes pensées ! Et maintenant, David, à nous deux Paris !

Un parfum ambré flottait à l'intérieur de Marcel. David roulait dans Paris, près de la reine de la bohème qui parlait seule, tout en freinant et en accélérant brusquement.

— Quel jour de chance ! Ce matin, coup de fil de l'association ADQD (Artistes en difficulté dans les quartiers difficiles) qui m'invite à réciter Claudel dans une cité de la banlieue nord (une initiative du ministère de la Solidarité contre la délinquance). Et maintenant vous voilà, David ; vous qui demain m'ouvrirez les portes de l'Amérique, comme aujourd'hui je vous ouvre celles de Paris !

Le jeune homme se laissait glisser dans les rues, découvrant chaque façade d'immeuble, chaque devanture de boutique avec gourmandise. Ophélie l'observait, très satisfaite : « Vous voici dans la ville des artistes. » Elle laissa un silence puis insista : « La ville du goût, du raffinement, de la culture... » Les marronniers étaient en fleur. L'Américain reconnut l'église de la Madeleine à sa forme de temple grec, puis l'obélisque de la Concorde. Ophélie continuait : « La capitale de l'esprit et de la beauté. » Elle tourna sur sa droite, freina devant la façade sculptée d'un grand hôtel. Ouvrant la portière, elle tendit ses clés à un voiturier en livrée et indiqua son numéro de chambre. Puis elle entraîna David vers l'entrée près de laquelle se serraient des dizaines de photographes armés de téléobjectifs. Il fallut jouer des coudes pour franchir le marais médiatique. Les reporters échangeaient des phrases nerveuses.

— Vous êtes sûr qu'il est là ?

— Oui, on l'a vu entrer. D'ailleurs, on contrôle toutes les issues.

Bousculée par un caméraman, Ophélie cria :

— Laissez-nous passer, bande de goujats !

Des regards haineux se braquèrent sur elle. Une voix de photographe claqua sèchement :

— Ta gueule, la grosse ! On travaille.

Poussant la porte à tambour, Ophélie et David accédèrent enfin au hall rutilant de boiseries dorées. Mais un vigile s'interposa pour leur indiquer que l'hôtel était entièrement réservé par une star de passage à Paris. Ophélie rétorqua que le patron était un de ses admirateurs, qu'elle avait bien le droit de prendre une tasse de thé. Le vigile la pria d'attendre un instant ; il se dirigea vers le concierge qui hocha négativement la tête.

— Désolé madame. Une autre fois peut-être.

— Des mythomanes ! soupira Ophélie, tout en entraînant David vers la sortie.

Les photographes les regardaient en ricanant. Plus loin, quelques groupies attendaient la vedette. Vexée, Ophélie se redressa dans sa cape et fendit la foule avec un large sourire, en agitant la main vers les flashs lumineux, tandis que les badauds se demandaient :

— C'est qui ?

— Peut-être une amie de Michael Jackson…

Présentation de David au Flore

Ophélie pilait nerveusement dans les embouteillages en accusant « ces goujats du Crillon ». Elle se promettait d'enguirlander le patron. Où allait-elle loger David, à présent ? Légèrement inquiété par cette folie des grandeurs, le jeune homme assura qu'il cherchait un hôtel modeste. Ophélie le contredit :

— Ne soyez pas cabotin. Vous autres, Américains, vous exigez des établissements confortables !

Dans un regain de bonne humeur, elle tourna vers David son visage potelé. S'abandonnant à sa rondeur naturelle de femme bien nourrie, elle ressemblait vraiment à une Andalouse, mais aussitôt son front se plissait dans une expression dramatique et elle reprenait son air de diva tourmentée. Sur un ton comploteur, elle susurra :

— Ça vous dirait, un hôtel de rien, à Saint-Germain-des-Prés ?

— Exactement mon rêve, soupira David.

— La rive droite est vulgaire ! Je vous ai montré les paillettes, les jeux du cirque. Nous allons découvrir le Paris des esthètes.

David sourit comme un enfant auquel on promet un cadeau. Un quart d'heure plus tard, ils entraient au café de Flore.

Un sentiment de familiarité saisit immédiatement le jeune homme dans cette salle enfumée où se serrait une foule bruyante autour des tables carrées. À la bibliothèque de l'Alliance française, sur la 60e Rue, il avait compulsé des albums de photos : le Paris des années cinquante, les existentialistes à Saint-Germain. Plein de dévotion, il posa le derrière sur une banquette en molesquine rouge. Ophélie jubilait :

— Nous voici au carrefour de la pensée !

Puis elle chuchota à son oreille :

— Tout se décide ici.

L'apprenti bohème hocha la tête. Le sentiment de familiarité se trouvait renforcé par la présence de nombreux touristes américains, aux tables avoisinantes. Baigné dans un mélange de français et d'anglais, David admirait la caissière à son comptoir, les serveurs en tablier, les étudiants plongés dans leurs livres et les artistes dans leur carnets, comme autant d'images du vrai Paris. Soudain, Ophélie lui décocha un coup de coude et désigna l'homme qui venait d'entrer :

— C'est Jean Royaume.

Cet individu de grande taille arborait une longue chevelure blonde dégarnie. Son visage artificiellement bronzé et son manteau à col de fourrure lui donnaient une allure de coiffeur enrichi. Sortant un stylo de son sac, Ophélie inscrivit nerveusement sur la nappe : *Éditions Graphomane.*

Elle souligna deux fois ce nom — comme un signe important — et précisa à l'oreille du néophyte :

— Un pouvoir énorme dans les jurys. Il choisit les livres dont on parlera demain. C'est lui qui a publié *J'ai envie de jouir*...

David écarquilla les yeux. Ophélie s'impatientait :

— *J'ai envie de jouir*, vous connaissez ! Ce roman sans ponctuation, sans histoire, sans rien. Un truc super-marginal, tous les magazines en ont parlé...

Nerveuse, elle suivait du regard le visage de Jean Royaume. Attablé juste en face d'eux, il venait de casser un œuf dur et cherchait le petit voile transparent qui permet d'ôter la coquille sans abîmer l'œuf.

David posa une autre question :

— Est-ce qu'on rencontre aussi des peintres ?

Elle ne répondait plus. Toute son attention semblait aspirée par le visage de Royaume qui finit par se tourner pour demander le sel au serveur. Au moment précis où ses yeux croisaient ceux d'Ophélie, la jeune femme s'épanouit dans un sourire. L'éditeur la regarda, circonspect. Elle agita discrètement la main pour le saluer. Avec une moue d'indifférence, Jean Royaume baissa de nouveau les yeux vers son œuf dur qu'il saupoudra de sel, puis il croqua.

— Un goujat ! soupira Ophélie.

Stimulée par cet échec, elle redressa la tête au-dessus de sa cape noire. Jetant son regard vers l'Américain, elle annonça :

— Puisque c'est ainsi, la poésie va parler.

Elle se leva, passa devant la table, s'arrêta théâtralement au milieu de l'allée. Et soudain, dressant la main vers le plafond, elle lança à la cantonade, avec l'accent des acteurs d'avant-guerre :

— Messieurs, mesdames, je me présente : Ophélie Bohème. Je vais vous dire un poème de monsieur Arthur Rimbaud…

Elle plongea les mains dans les poches de son pantalon puis commença à siffloter dans l'allée du Flore, mimant la rêverie d'un jeune homme sur le chemin :

Je m'en allais, les poings dans mes poches crevées...

Les conversations s'étaient interrompues. Des touristes bienveillants contemplaient l'artiste parisienne. Agacée, une étudiante française releva le nez de son livre. Jean Royaume sortit rapidement, tandis qu'Ophélie déclamait, en insistant sur certains mots, avec des ralentis et des accélérations :

... J'allais sous le ciel, Muse !

Elle n'eut pas le temps d'aller plus loin. Le maître d'hôtel s'approchait. Tout en adressant des sourires aux clients, il avait pris Ophélie par la taille et parlait à mi-voix, courtoisement mais fermement :

— Mademoiselle, je vous ai déjà demandé de ne pas dire de poèmes ici. Il faut respecter la tranquillité des clients.

— Ne me touchez pas ! hurla Ophélie.

Se tournant de nouveau vers l'assistance, elle cria encore :

Petit-Poucet rêveur, j'égrenais dans ma course...

Tout en ramassant ses affaires, elle prit David par la main, l'entraîna sans payer vers la sortie et se retourna une dernière fois, en lançant :

— Ce monsieur est venu de New York pour m'écouter !

Les touristes applaudissaient, cherchaient de la monnaie dans leurs poches, tandis que l'étudiante replongeait dans sa lecture. Sur le trottoir, Ophélie sembla soulagée. Se tournant vers David, elle demanda :

— C'était beau, non ? Vous avez vu comme je l'ai mouché. Vous avez vu l'enthousiasme du public. Et ces Français minables qui veulent me casser !

Malgré sa petite taille, la cape noire lui donnait un air de *superwoman*. Son expression devint plus sérieuse pour expliquer :

— Je pense que j'ai retrouvé la diction authentique de Rimbaud. Une technique personnelle qui fait appel à la linguistique, à la psychanalyse lacanienne... Mais arrêtons de parler de moi !

Elle se tut un instant, sortit un tube de rouge à lèvres, retrouva sa rondeur de petite Espagnole et poursuivit :

— J'ai tout un programme pour vous !

En fin d'après-midi, David emménageait dans un hôtel du quartier. Au moment de le quitter, Ophélie prit sa main, la serra fortement et le regarda d'un œil langoureux, en prononçant :

— Je vous retrouverai chaque jour à quinze heures. Ne m'en demandez pas plus... Ma vie ne m'appartient pas.

Dans un silence, elle se dirigea vers la sortie puis disparut dans sa cape noire.

Exploration de la rive gauche

Chaque jour, David se réveillait vers sept heures. Il entrouvrait l'œil, regardait par la fenêtre les volets d'un immeuble dans le soleil du matin. Heureux d'être à Paris, il se rendormait en poussant des gémissements de plaisir. Un quart d'heure plus tard, il se levait plein d'entrain, enfilait un pantalon et une chemise, puis il descendait au café le plus proche où il commandait un grand crème et un croissant.

Il aurait aimé se faire servir — à la française — son café au lait au lit, avec beurre et confiture, mais l'hôtel n'assurait plus de service en chambre et proposait son « breakfast international », dans une salle à manger vert pomme ornée de meubles en osier. Ces premières conversations de la journée, ces tranches de salami, ces sourires, ces œufs brouillés, ces jus d'orange, cette musique pulsée évoquaient trop fâcheusement un séminaire d'entreprise au Texas. C'est pourquoi David préférait se rendre dans un bistrot parisien pour avaler son café sur le zinc, en lisant les nouvelles du jour.

La ville, en s'éveillant, semblait revivre les étapes

de son histoire : le silence du petit jour ; le pas des marcheurs résonnant sur les trottoirs ; les gens ouvrant leurs boutiques ; l'éveil d'un décor urbain où l'on pouvait s'égarer, respirer, rêver… Quand David ressortait du bistrot, une demi-heure plus tard, le charme était passé. Une ahurissante quantité d'automobiles piétinaient dans les mêmes rues étroites ; des sirènes hurlantes tentaient de franchir les embouteillages ; des marteaux piqueurs piquaient. Partout, des chantiers bloquaient la circulation, dans le but de la rendre plus fluide : creusement de parkings souterrains, aménagement des carrefours. David finit par s'adapter à cet air irrespirable qui lui donnait, au fil de la journée, une sensation progressive de lourdeur et de fatigue.

Après le petit déjeuner, il s'aventurait dans les rues, les jardins, les places publiques. Au début, son regard était enchanté par l'harmonieuse proportion des édifices, la subtile diversité de ces murs chargés d'histoire. Puis l'histoire finit par lui sembler envahissante. Partout des plaques de marbres rappelaient l'existence de personnages célèbres. Devant les vitrines d'antiquaires et les galeries d'art, des ouvriers plantaient dans le sol des panneaux d'information indiquant tous les sites importants du quartier : musées, squares, services municipaux… La ville où David voulait se perdre s'apparentait plutôt à un itinéraire balisé, conduisant vers des points répertoriés — telle l'organisation des supermarchés où le hasard vous conduit d'un rayon à l'autre, selon l'ordre décidé par la direction.

Ophélie retrouvait David dans le hall de l'hôtel en début d'après-midi. Elle arrivait toujours en retard, essoufflée, bouleversé par une tragédie plus ou moins vraisemblable : une panne de Marcel, le coup de téléphone d'un jeune poète sur le point de se suicider. David qui attendait depuis une heure commençait à s'impatienter. Mais lorsqu'elle entrait, très pâle sous sa cape noire, elle semblait si épuisée qu'il commençait par la réconforter. À mots couverts, elle lui parlait de son protecteur : un riche Italien, fou de jalousie, qui lui offrait une vie luxueuse mais se comportait en tyran :

— Si vous me croisez au bras de cet homme, faites semblant de ne pas me connaître. Il vous tuerait.

Malgré la jalousie de son amant, Ophélie ne craignait pas de se promener avec David. Les cimetières étaient ses jardins préférés. Ils arpentaient les allées et les divisions en récitant les œuvres des écrivains enterrés sous leurs pieds. Sélectionnée pour *Jeu du Million* — sur la chaîne Cyberplanète —, Ophélie rodait un numéro de pantomime et de poésie. Elle préparait son passage à la télévision avec une ardeur romantique. Juchée sur le caveau de Baudelaire, elle récitait *Les Fleurs du Mal.* Ses bras s'agitaient trop, mais l'ignorance du ridicule donnait à son jeu une certaine ferveur. Assis entre deux pots de chrysanthèmes, David l'observait, donnait son avis. Puis elle venait le rejoindre et retrouvait son air de bonne espagnole en concluant :

— J'ai faim. Emmenez-moi manger quelque chose.

Tout en marchant vers un bistrot, elle répétait à son ami :

— Je sais qu'ils vont m'adorer à New York. Ça vous ferait plaisir d'être mon agent pour l'Amérique ?

Ils prenaient une glace au Luxembourg. David s'installait sur un banc devant les canards, ou sur une chaise près des vergers, à l'ombre de la rue d'Assas. Il remarquait que le charme parisien renvoyait, presque toujours, au siècle précédent, le reste semblant surajouté et d'une nature différente. Les boulevards et les jardins portaient la même signature ancienne, mais les têtes et les corps vivaient dans une autre époque. Chaque matin, les habitants du monde moderne revenaient dans ce décor qui exerçait sur eux sa présence invisible. À New York, toutes les périodes se chevauchaient dans un élan incohérent. À Paris, les signes contemporains faisaient l'effet d'intrus plaqués sur les vieux murs. Les accumulations d'automobiles évoquaient une armée de rats jetés dans le château fort où elle avait pris le pouvoir sans détruire la structure de la ville mais en la rognant, en l'adaptant pour favoriser la circulation et le stationnement.

De même, la rêverie d'Ophélie appartenait à la Belle Époque, mais son énergie bouillonnait au rythme nouveau, ce qui produisait parfois un curieux mélange, lorsque les deux amis buvaient un verre à une terrasse, évoquant la vie d'autrefois, le temps perdu où les gens s'écrivaient de longues lettres. Soudain, Ophélie sortait de son sac un téléphone portable en expliquant à David : « Il faut que j'interroge mon répondeur. » Elle appuyait sur des touches, écoutait sans rien dire, souriait, faisait la gueule, notait des numéros sur une feuille de papier.

Le patron est un copain

Marcel sortait rarement à cause des embouteillages. Mais le soir, de temps à autre, la petite auto klaxonnait devant l'hôtel pour conduire les deux amis dans une brasserie de Montparnasse.

À chaque coin de table, une plaque de cuivre gravée indiquait le nom du client qui s'asseyait à la même place, un siècle plus tôt : Picasso, Ravel, Apollinaire. Ophélie se précipitait vers la chaise de Verlaine, comme si cet emplacement lui revenait de droit. À la table voisine, de vieux poètes roumains regardaient les clients passer en compulsant leurs carnets de notes. Ils commandaient un café, restaient une heure devant leur tasse vide. Les touristes cherchaient dans leurs regards éteints le souvenir des poètes maudits. Régulièrement, le serveur contraignait les Roumains à prendre un autre café, car ils bloquaient les places et limitaient le chiffre d'affaires.

Dans cette compagnie misérable, Ophélie Bohème arborait une supériorité de diva. Elle présentait David comme un riche Américain. Dès la première visite, elle avait indiqué en roucoulant :

— Nous sommes invités. Le patron est un copain.

Deux heures plus tard, comme ils quittaient leur table, un garçon rattrapait David par l'épaule en prononçant :

— Monsieur, vous n'avez pas payé !

Horriblement gêné, il s'était tourné vers Ophélie qui fronçait les sourcils puis s'arc-boutait, poings sur les hanches. Tandis que l'Américain sortait sa carte de crédit, elle fulminait :

— Normalement ici, je ne paye jamais. Où est le patron ?

Il fallut payer.

La veille de son passage au *Jeu du Million*, elle voulut entraîner de nouveau David, en affirmant :

— Ce soir, vous êtes mon invité.

Elle avait revêtu une espèce d'anorak et des lunettes noires qui avaient « fait fureur à Venise, l'an dernier ». Elle engloutit sa douzaine d'huîtres avec gourmandise, puis redressa la tête en affirmant avec une soudaine nervosité :

— Je n'accepterai jamais de coucher pour mon art !

David la sentait surexcitée. Ophélie beurra une tranche de pain de seigle tout en ajoutant :

— Vous avez remarqué ces Américains au Flore, leurs yeux brillants de bonheur ? Je suis sûre de faire un triomphe à New York !

David n'osa se prononcer, mais elle interpréta son silence comme un désaveu :

— Et puis arrêtez de toujours me décourager. Pourquoi ne vous occupez-vous pas de ma carrière américaine ?

Pour accompagner la viande, elle commanda un grand cru de Bordeaux. Le jeune homme contemplait le précieux liquide au fond du verre. Il prononça, mélancolique :

— J'ai quitté l'Amérique, ce n'est pas pour y retourner. Ce pays n'est pas aussi intéressant que vous l'imaginez.

Puis, comme pour se justifier :

— Je n'ai pas connu mon père, mais il était français. Je suis donc à moitié français...

Cette phrase lui avait échappé. Jamais encore,

David n'avait songé à rechercher les traces de son père. Mais ce détail psychologique éveilla un vif intérêt chez Ophélie :

— Vous n'avez pas connu votre père ?

David raconta la rencontre de sa mère avec un Français, en pleine époque de libération sexuelle.

— Il se trouve probablement quelque part dans ce pays. Peut-être ici, à une table voisine. Je ne sais rien de lui et il ignore mon existence.

Il disait ces phrases sur un ton détaché. Mais Ophélie avait retiré ses lunettes et dardait ses yeux brillants de bonheur. Elle huma le bouquet du bordeaux avant de l'avaler. Après un silence, elle posa sa main sur celle de David en prononçant :

— Je ne voudrais pas vous donner de fausse joie… mais j'ai peut-être une idée, pour vous aider.

— M'aider à quoi ? Oubliez cela.

— Non, laissez-moi réfléchir. Je vous en reparlerai demain.

Elle remit ses lunettes noires, tandis qu'arrivait le baba au rhum. Enfonçant sa fourchette, elle reprit sur le ton nerveux du début :

— Cent producteurs veulent coucher avec moi. Jamais je ne marcherai.

Soudain, elle parut lasse :

— Il est temps de regagner ma tour d'ivoire.

Ophélie désignait ainsi l'atelier mis à sa disposition par l'Italien jaloux. Tout en ramassant ses affaires, elle précisa :

— Demain après midi, j'ai ce grand tournage pour Cyberplanète. Voulez-vous m'accompagner au studio d'enregistrement ? J'ai des choses à vous expliquer. Voici l'adresse.

Elle griffonna quelques mots sur un morceau de papier, puis conclut :

— Je file, bonne nuit.

David prit son manteau. Au moment de franchir la porte, il sentit une main qui le retenait :

— Monsieur, vous n'avez pas réglé !

Le maître d'hôtel paraissait furieux. Penaud, David paya les mille trois cents francs, sous les regards narquois des poètes maudits. Il regagna Saint-Germain à pied, en essayant de se raisonner. Pourquoi Ophélie le regardait-elle obstinément comme un riche Américain ? Pourquoi s'amourachait-il d'une mythomane ? Blessé, il longeait les grilles du jardin du Luxembourg en se rappelant leurs promenades. Évidemment, elle n'accomplissait pas la carrière dont elle se vantait, mais il admirait cette obstination à vivre comme les artistes d'autrefois. Évidemment, la dinguerie d'Ophélie était coûteuse, mais, après tout, les cocottes françaises ruinaient déjà les messieurs, dans les romans de Flaubert ou de Zola. Une reine de la bohème se devait d'être un peu folle et bien entretenue.

Le studio de tournage se situait en banlieue nord. Descendu à la station de métro, David — en costume beige et gants clairs — passa sous des bretelles d'autoroute, longea des entrepôts d'accessoires informatiques. Il entra dans une cour, entre deux hangars en parpaings couverts de peinture blanche : à gauche, le studio A et, à droite, le studio B. Au fond, un hall vitré donnait sur les bureaux. Une jeune standardiste officiait à l'accueil, vêtue d'un tout petit bout de robe. David précisa qu'il attendait une amie. La pin-up l'invita à s'asseoir sur un fauteuil en plastique du salon d'attente.

Surgissant du couloir de gauche, des hommes pressés en costume cravate traversaient hâtivement le hall puis disparaissaient dans le couloir de droite. Ils croisaient des individus mal rasés, en jeans, qui passaient du couloir de gauche au couloir de droite. Quelques-uns se retournaient et lançaient un cri derrière eux, destiné à une personne invisible :

— Téléphone tout de suite au directeur des programmes !

Ophélie arriva une demi-heure en retard, dans sa cape noire, coiffée d'un turban qui lui donnait un air de princesse hindoue. Elle avait couvert son visage de poudre et tomba sur le divan :

— Je n'en peux plus ! Des coups de téléphone, des propositions. Tout se déclenche en même temps !

Déboulant du couloir de droite, un homme cravaté criait derrière lui :

— Appelez-moi cette putain de régie publicitaire.

Du couloir de gauche arrivait un gros type en tee-shirt, fouillant du doigt à l'intérieur de son nez. Le jeune cadre s'arrêta devant lui :

— François. Tu as été génial. Quelle chance de bosser pour un type comme toi.

L'autre répondit d'un regard lunaire. Ophélie murmura :

— Pauvre François ! Il fait comme s'il ne me reconnaissait pas. L'ingratitude…

Soudain ragaillardie, elle se redressa et poursuivit :

— Et maintenant, les affaires !

Elle se dirigea vers la standardiste :

— Le producteur du *Jeu du Million* nous attend. Je suis Ophélie Bohème. Il m'a invitée à son émission.

La jeune fille redressa ses épaules nues :

— Les candidats, c'est pas ici. Vous êtes dans les bureaux de la production.

— Mais puisque je vous dit que le producteur m'attend.

— Le producteur, il est en voyage. Pour les candidats, c'est dans la cour, studio A.

Elle replongea dans ses mots fléchés, tandis qu'Ophélie levait les yeux au ciel.

Un terrible spectacle les attendait dans la cour, derrière la porte du studio. À l'entrée du bâtiment, dans un espace improvisé entre les piles de projecteurs, une trentaine de personnes patientaient, assises sur des chaises d'école. Sportifs en survêtement, employés, lycéens, retraités, mères de famille accompagnées d'enfants, ils semblaient représenter un échantillonnage de la société ; quelques-uns mangeaient des sandwichs en attendant leur tour. Lorsque David et Ophélie entrèrent, des regards hostiles se tournèrent vers ces deux candidats supplémentaires au *Jeu du Million.* Mais un grand jeune homme, portant un tee-shirt de la société de production, s'approchait, tendait la main et lançait :

— Salut ! Je m'appelle Swann. Vous êtes présélectionnés ? Mme de Lara va vous recevoir pour un entretien. Il faut attendre un peu. Une petite heure. Il y a un distributeur de boissons, là-bas.

Tournant vers David sa tête enturbannée, Ophélie balbutia :

— Il doit y avoir une erreur.

Une porte s'ouvrit au fond du hall, laissant apparaître une grosse femme couperosée, en jogging fluo, qui se précipita en hurlant vers son époux :

— Je suis prise !

Son triomphe fut interrompu par l'annonce diffusée sur une enceinte :

— Mesdames et messieurs les candidats sont informés qu'il est strictement interdit de fumer. Des toilettes sont à leur disposition au sous-sol.

Ophélie tentait de négocier :

— Mais enfin, mon cher Swann, je suis une amie de Mme de Lara. Je ne vais pas attendre avec ces gens…

Le garçon s'indigna :

— Qu'est-ce qu'ils ont, ces gens ?

Toute négociation fut inutile. Ophélie devait attendre comme les autres. Plusieurs écrans diffusaient des extraits du *Jeu du Million.* Coiffé d'un béret basque, le présentateur vedette se moquait des candidats. L'éclairage ingrat faisait ressortir les difformités de leurs corps, tandis que l'animateur était toujours filmé dans un halo doré. Pour se faire pardonner d'être venus, ils transportaient le plus vite possible des seaux d'eau sur un toboggan, puis répondaient à des questions sur la nationalité de Louis XIV : français, anglais ou chinois ? Un gagnant empochait finalement le million.

Tout en affichant une dignité outragée, Ophélie montra sa capacité de séduction envers les autres postulants. Assise au milieu de l'espace attente, elle entreprit de raconter sa carrière en long et en large, avec beaucoup de persuasion dans l'invraisemblable. Une demi-heure plus tard, au milieu des secrétaires, des ingénieurs et des étudiants, elle récitait *Ma bohème* de Rimbaud en agitant les bras. Des applaudissements et des rires fusaient dans la salle. Un gendarme guadeloupéen semblait éberlué par cette dingue, tandis qu'une retraitée levait vers le ciel des yeux pâmés.

L'entretien fut moins concluant. Après deux heures d'attente, Swann convoqua Ophélie, suivie par David, dans le bureau de Mme de Lara.

La responsable du casting se tenait assise derrière une table. Son café fumait. Elle dressa vers la candidate un visage las, cheveux très courts, peau vérolée. Ses yeux professionnels dévisageaient les jeunes gens comme deux suspects, priés de justifier leur candidature. Le turban d'Ophélie et les gants blancs de David furent notés d'emblée comme un mauvais point — trop singulier pour une émission fondée sur l'identification du téléspectateur. Mais l'actrice décida d'ouvrir la conversation sur le mode copain-collègue :

— Vous vous rappelez cette soirée dingue ?

Deux yeux étonnés s'éveillèrent sur le visage fripé de Mme de Lara. Ophélie éclata de rire :

— Allons, ne faites pas l'idiote. Cannes... le Majestic, vous étiez hyperbranchée dans le cinéma, à l'époque !

— Qu'est-ce qu'elle raconte ? marmonna la productrice en avalant une gorgée de café.

Ophélie poursuivait :

— Il faudra que je vous parle de mon grand projet : une relecture radicale de Claudel. Mais venons-en à nos moutons : je pense qu'une chaîne généraliste peut développer une approche nouvelle de la poésie. Alors voilà mon idée. Au lieu de porter des seaux d'eau, comme les autres candidats, j'apparaîtrai à l'écran habillée en Rimbaud. Je dirai *Une saison en enfer* et l'applaudimètre parlera.

La femme eut une moue de dégoût :

— Et votre ami, dans ce projet ?

Ophélie prit une voix plus grave :

— Je vous présente mon producteur américain, qui arrive de New York. Là-bas, c'est l'homme à la mode. Mais ici, en France, il a quelque chose à vous demander…

David se tourna, surpris.

— David ne connaît pas son père, mais nous savons qu'il est français. Venu à la recherche de son identité, il vit depuis deux mois à l'hôtel Bonaparte. Je pense que si David participait à votre émission *Sans famille*, il aurait de grandes chances de retrouver ce père tant aimé.

— Intéressant, émouvant ! approuva Mme de Lara.

Tandis que les deux femmes négociaient, le jeune

homme sentit monter une bouffée de chaleur. Tournée vers lui, Ophélie résumait le scénario :

— Ce n'est rien, vous verrez. Vous arrivez sur le plateau, vous racontez votre histoire. Des témoins téléphonent. Ainsi, peu à peu, on remonte la piste.

La productrice devenait plus conciliante :

— On organise plusieurs face-à-face avec vos pères, vrais ou faux. Et, pour finir, une rencontre en direct avec le vrai. Vous avez un style, un physique… Ce serait magnifique.

Furieux, David interpella Ophélie avec un regain d'accent américain :

— Vous êtes complètement folle. J'aime la France des poètes. Je ne cherche pas mon père. Et je n'ai pas l'intention de participer à des émissions débiles !

— Mais, David, la télévision a besoin de poètes, et les poètes ont besoin de la télévision. Je le prouve chaque jour.

— Vraiment, vous dites n'importe quoi. Ne comptez pas sur moi pour cette mascarade.

Désolée, Ophélie écarquillait les yeux devant la responsable :

— On en reparlera… En attendant, que pensez-vous de mon projet Rimbaud ?

— C'est pas pour nous, grommela la productrice. On fait du populaire, de l'Audimat. Votre ami ce serait mieux. Mais commencez par vous mettre d'accord.

Rouge de colère, David quitta le studio derrière Ophélie. Sur le trottoir, il éclata :

— Vous vous moquez de moi. Me manipuler comme une bête de cirque. Quand je pense que vous parlez de la bohème.

S'énervant à son tour, Ophélie lui coupa la parole :

— Vous m'avez fait rater mon casting, avec votre air idiot. Je cherche à vous rendre service, et vous faites tout pour briser ma carrière !

— Votre carrière. Quelle carrière ? Je suis votre seul admirateur !

— Ah, ah, ah ! Vous ne connaissez pas mes groupies ! Et vous ne risquez pas de les connaître, avec vos manières. Pourquoi ne faites-vous rien pour moi, à New York ?

— Mais que voulez-vous que je fasse à New York ?

— Pourquoi êtes-vous si radin, avec votre fortune ?

— Vous délirez ! Si c'est la télé qui vous intéresse. Je ne veux plus vous voir !

— Moi non plus, je ne veux plus vous voir !

Le riche Italien

David rentra seul à l'hôtel, fâché. À trop rêver de la France disparue, il se laissait manipuler par une dingue. Il était temps de découvrir un autre Paris.

À peine arrivait-il dans sa chambre d'hôtel que le téléphone sonnait. Stéphanie de Lara, directrice de casting, se permettait de l'appeler — non pour cette émission sur les *Sans famille*, mais pour un magazine culturel consacré au regard des Américains sur la France. Elle avait apprécié son style, son léger accent et elle lui proposait de participer. Il faillit raccrocher puis se ravisa. L'occasion se présentait de faire quelques rencontres. Il répondit qu'il allait réfléchir. La femme ajouta :

— Mais surtout, je vous en prie : venez sans cette folle.

Le jeune Américain passa la soirée à errer dans les rues de Saint-Germain-des-Prés. À une terrasse de café, il engagea la conversation avec un groupe de jeunes révolutionnaires bourgeois, enfants d'anciens jeunes révolutionnaires bourgeois. Tard dans la nuit, ayant déjà beaucoup bu, il engagea une conversation avec une cinéphile allemande aux yeux bleus. Au petit matin, il sortait de chez Castel en compagnie d'un nommé Édouard qui improvisa une corrida automobile au milieu du boulevard Saint-Germain, avant de le laisser devant son hôtel.

En fin de matinée, on frappa à sa porte. David entrouvrit l'œil puis le referma, accablé par la migraine. On frappait plus fort et il répondit d'une voix faible :

— Entrez.

Il vit alors apparaître un curieux personnage qui s'avança dans la lumière matinale : un homme de taille moyenne, avec une grosse tête et un corps osseux dans des vêtements trop larges pour lui. La quarantaine, il avait le teint cireux mais sa peau était couverte de traces dorées, comme des paillettes. Pendant quelques secondes, il considéra David au fond du lit. Puis il prononça d'une voix sinistre :

— Faut arrêter d'embêter Vanessa !

Tout à son mal de crâne, l'Américain commença à bredouiller :

— Quelle Vanessa ? Excusez-moi, je ne connais pas de Vanessa. Et je ne sais pas ce que vous faites dans ma chambre...

— Vous voyez très bien ce que je veux dire.

David s'inquiéta. Ce vengeur sinistre était-il le riche Italien jaloux dont Ophélie lui parlait ? Il avait plutôt l'air d'un pauvre Français. Mais après tout, si Ophélie s'appelait Vanessa... David articula faiblement :

— Je vous assure, je ne lui ai rien fait !

L'autre restait imperturbable :

— Faut arrêter de l'embêter, de lui monter la tête avec sa carrière. Laissez-la tranquille. C'est la dernière fois que je vous le dis.

David n'avait pas l'habitude des menaces. Le type claqua la porte, tandis que l'apprenti Parisien prenait cet avertissement comme une raison supplémentaire d'oublier son égérie.

Où David connaît le succès

La prestation télévisée de David — en jeune Américain découvrant la France moderne — fut un franc succès. On l'invita sur d'autres plateaux. Un magazine publia sa photo et il devint la coqueluche des soirées. Des cartes se tendaient, des rendez-vous s'offraient. La rumeur se répandait : David réalisait un reportage sur la France contemporaine pour un grand journal new-yorkais. Chacun voulait en être. Il but beaucoup de champagne, fréquenta les boîtes de nuit. Mais, après quelques semaines, il s'aperçut qu'il vivait à Paris comme vivent les gens branchés à New York ou ailleurs. Là-bas, son cas n'aurait intéressé personne. Ici, le fait d'être américain et de critiquer l'Amérique lui valait une faveur extraordinaire.

La maison de production qui l'avait sollicité appartenait à un groupe de communication, également propriétaire du magazine qui avait publié la première interview de David. Conseiller littéraire de la maison Graphomane (filiale du même conglomérat), l'éditeur Jean Royaume invita l'Américain à déjeuner pour discuter d'un contrat. À la brasserie

Lipp, il lui présenta le patron du groupe — lui-même employé d'un empire agroalimentaire spécialisé dans les produits laitiers, tout en développant de nouvelles activités dans la presse, l'édition et l'Internet. Sortant de table un peu éméché, David se demandait jusqu'où remontait cette pyramide infinie dans laquelle cohabitaient hommes d'affaires, artistes, hommes politiques, publicitaires.

Il traîna un instant place Saint-Germain-des-Prés. Sous le soleil de mai, des statues vivantes posaient pour les touristes. Un faux automate du XVIIIe siècle se déplaçait par mouvements saccadés. Une fille enduite de peinture verte brandissait le flambeau de la statue de la Liberté. Un peu plus loin, la momie de Toutankhamon se dressait dans son sarcophage. Un masque doré et une couronne recouvraient à moitié son visage, mais on devinait la peau du menton qui palpitait légèrement et les gouttes de sueur suintant sous les oreilles. Le pharaon restait immobile devant un panier où l'on déposait la monnaie. Seuls les cils clignotaient et David avait l'impression que Toutankhamon le regardait fixement. La statue paraissait furieuse, pleine de haine pour ces badauds qui défilaient toute la journée. Il préféra rentrer à l'hôtel pour faire la sieste.

En fin d'après-midi, il prenait son bain avant le cocktail d'une agence de mannequins. Plongé dans l'eau chaude, il se demandait pourquoi il perdait son temps à rencontrer des gens modernes qui rêvaient de vivre comme des Américains — lui qui était venu ici pour vivre comme un Français. Pourquoi il s'épuisait à connaître ce qu'il n'avait jamais voulu connaître chez lui. Il regrettait ses premiers jours à Paris, quand il se levait au petit matin, lisait son journal au bistrot, avant de partir à la découverte d'un quartier, puis de retrouver sa poétesse sur la tombe de Baudelaire.

Ophélie fréquentait elle aussi les soirées du showbiz. Toujours décidée à rencontrer les producteurs qui allaient relancer sa carrière, elle s'immisçait dans les réceptions. Mais sitôt qu'elle approchait, cape sur le dos, sourire décidé, les producteurs s'enfuyaient dans la pièce voisine. Elle était la terreur des cocktails, déboulant pour vendre une prestation proustienne en prime time, un projet d'installation poétique sur un parking. Abandonnée de tous au milieu de l'assemblée, Ophélie scrutait les nouveaux arrivants sur lesquels elle allait jeter son dévolu. Des groupes se formaient. Elle passait dans les interstices, lançait des phrases.

Un soir, elle tomba nez à nez avec David qui parlait à son futur éditeur, Jean Royaume. Les deux amis se dévisagèrent. David aurait voulu parler, mais il entrevoyait de nouvelles complications. Ophélie ne voulait pas rendre les armes et elle détourna

le regard. Dans un remords, David s'adressa à Royaume en disant :

— J'aimerais vous présenter une amie.

L'éditeur tira David par l'épaule en grommelant :

— Je vous en prie, pas cette folle !

Tout en s'éloignant, Ophélie prononça distinctement :

— L'ingratitude et la goujaterie font bon ménage !

Dix minutes plus tard, les trois protagonistes se retrouvaient face à face dans un autre salon. La jeune femme lança à l'éditeur :

— Savez-vous que c'est moi qui ai lancé David. Vous le récupérez, espèce de charognard !

Royaume s'enfuit vers le vestiaire. Deux jours plus tard, David recevait une lettre désagréable d'Ophélie qui lui reprochait son infidélité. Sa carrière à New York restait au point mort. Malgré ses relations et sa fortune, il n'avait pas bougé le petit doigt pour elle. Elle joignait à son courrier un paquet de photos dont il pourrait faire bon usage en la présentant à des producteurs — s'il voulait se faire pardonner sa grossièreté. David distribua les photos. Chaque fois, la réponse était identique :

— Non, pas elle ! On la connaît !

Et l'Américain répliquait silencieusement :

— Goujat !

Début juin, David reçut une invitation pour la Soirée des Créateuses, parrainée par un magazine culturel branché.

« La XXIe siècle sera féminine », indiquait une formule en tête du bristol. Suivaient les noms de cinéastes, de sculpteuses et de plusieurs écrivaines distinguées lors de la dernière saison littéraire : Françoise F. (*Je m'ennuie dans ma cuisine*), Emmanuelle de P. (*Moi émoi*), Jeanne G. (*J'ai envie de jouir*). Un texte joint au carton expliquait pour quelles raisons les organisateuses — dans un jeu délibérément ironique — avaient préféré le mot *créateuse* à celui de *créatrice*, encore chargé d'une forme de machisme linguistique et politique.

Soutenue par le ministère de la Culture, la soirée se déroulait au Temple national du livre. La façade peinte de l'immeuble représentait une immense page blanche sur laquelle s'entremêlaient des signatures de grands écrivains français. Dans le hall d'entrée, une inscription sur le mur interpellait le visiteur : « Et si la démocratie, c'était le livre ? » Une fresque artistique représentait des livres de tous les genres : livres d'histoire, de poésie, de mathématiques, de politique, d'informatique, de théâtre, d'art, de botanique, de bandes dessinées, de cuisine et mille autres bouquins qui se donnaient la main dans un cortège bariolé. Les présentoirs offraient des plaquettes d'information : guide des prix littéraires, guide des festivals du livre, guide des concours de la nouvelle, guide des bourse d'aide aux romanciers de moins de trente ans, guide des caisses sociales pour auteurs de plus de soixante ans.

Dans le salon d'honneur, les créateuses buvaient un verre en recevant leurs invités. À force de fréquenter les soirées mondaines, David avait adopté un look plus détendu. Vêtu seulement d'un pantalon clair et d'un tee-shirt, il virevoltait avec sa coupe, posait des questions, souriait aux invités qui l'avaient vu à la télé. Une jolie femme aux cheveux ras lui avoua que ses étonnements sur la France l'avaient bien fait rire. Deux vidéastes bruyantes — connues pour leurs travaux sur la déglingue moderne — se déplaçaient d'un groupe à l'autre avec une minicaméra. Elles avaient les cheveux teints et portaient des blousons de cuir déchirés. Une juriste pâle réfléchissait à une forme de répression spécialement adaptée au crime sexiste. Ses interlocuteurs masculins l'approuvaient.

Pour le dîner, David était placé à droite d'une critique d'art, tout de noir vêtue. Comme il l'interrogeait sur les derniers courants de la création contemporaine, elle le dévisagea, l'air ahuri. Puis, sans rien dire, elle se tourna de l'autre côté. À sa gauche, une grosse fille de vingt-cinq ans, plutôt sympathique, portant une veste d'homme, attirait l'attention des convives en raison du scandale provoqué par son roman : *J'ai envie de jouir.* Depuis qu'un député gâteux — dépourvu de toute influence — avait déclaré dans un journal de province qu'on devrait interdire ce genre d'obscénités, la presse s'était déchaînée dans une violente campagne contre la censure. Jeanne G. se considérait comme un symbole de la liberté artistique menacée. Elle affirmait :

— Moi, je travaille avec mes pulsions. J'ai des tonnes de choses à dégueuler quand j'écris.

Tout en servant à boire, David écoutait attentivement et se promettait de lire le roman sans attendre. Jeanne poursuivait :

— Les bourges, y me font chier avec leur art de classe. Je dis qu'une meuf aujourd'hui, elle a envie de se taper des mecs, de les baiser, de les jeter. Je suis pour une littérature hyperprovocante, avec du cul, des phrases complètement trash...

Elle progressait dans sa démonstration, quand des bruits retentirent à l'entrée du salon. Personne n'y prêta d'abord attention, puis l'agitation s'intensifia. Une voix criait :

— Laissez-moi passer, espèce de goujat !

Les têtes se tournèrent et David reconnut la silhouette d'Ophélie, coiffée d'un chapeau haut de forme et vêtue d'une queue-de-pie, comme un personnage de foire déboulant avec sa volonté d'être là. Une attachée de presse, harnachée d'un sac à dos, l'empêchait d'entrer :

— Je vous ai dit au téléphone que vous n'étiez pas invitée.

Ayant capté l'attention de toute l'assemblée, Ophélie profita de sa supériorité pour lancer avec emphase :

— Bon appétit, mesdames !

Les invités se regardèrent dans les yeux, sans comprendre. Ophélie qui tenait la parole s'empressa d'enchaîner :

— Salut à vous, mesdames ! Je suis une diseuse de bonne aventure. Ophélie Bohème, amie des poètes et de vous aussi, *créateuses,* qui voudrez bien me prêter quelques minutes d'attention. Je suis actrice, diseuse, poète, et j'étudie toutes les propositions.

L'attachée de presse restait perplexe, guettant les réactions. Après quelques secondes de silence, une voix fusa de la table :

— Laissez-la parler.

— Merci chère amie. Je vais donc vous dire un poème de Verlaine pour lequel j'ai accompli plusieurs années de recherche, afin de retrouver la gestique originale.

Prononçant ces mots, elle dressa une main vers le ciel. Plusieurs convives échangèrent des sourires.

Comment cette fille était-elle entrée ? À gauche de David, la critique d'art, mutique, semblait uniquement intéressée par son assiette. Concentrée, Ophélie commença d'une voix chevrotante, presque pianissimo :

Écoutez la chanson bien douce
qui ne pleure que pour vous plaire…

Les yeux clos, elle dessinait les phrases avec ses doigts. Progressant en crescendo, elle sanglota puis déclama bruyamment les vers suivants. Un rire incompressible gagnait les tables, mais elle tenait bon et bravait les sarcasmes :

Accueillez la voix qui persiste
Dans son naïf épithalame…

Fasciné par ce culot, David espérait une salve d'applaudissements généreux. Il entendit les premiers murmures d'agacement :

— Ça suffit, la ringarde !

— Du Rimbaud, pas du Verlaine !

L'auteuse de *J'ai envie de jouir* expliquait à mi-voix :

— Faut pas déconner, quand même. On n'est plus au temps de la poésie bourge, des alexandrins.

Si t'inventes pas tes mots, ton crachat, mieux vaut fermer ta gueule...

Les yeux toujours fixés au fond de son assiette où la nourriture refroidissait, la critique d'art laissa échapper un gloussement moqueur. Ophélie continuait :

Allez, rien n'est meilleur à l'âme
Que de faire une âme moins triste...

À la fin du poème, les conversations avaient repris, couvrant complètement la diseuse qui prononça le dernier vers puis s'écria :

— Quand je pense que ça prétend représenter la culture française !

À côté d'elle, la petite attachée de presse à sac à dos hurlait :

— Mademoiselle, ça suffit, vous avez eu ce que vous voulez, alors, fichez-nous la paix.

Enfin, la critique d'art, silencieuse depuis le début du repas, se dressa toute rouge et hurla :

— C'est quoi, la poésie ?

Puis elle retomba sur sa chaise, tandis que la moitié de l'assemblée applaudissait.

David souffrait. Dressée avec Verlaine contre l'assemblée hostile d'un dîner officiel, Ophélie faisait figure d'héroïne. Elle se retourna vers la porte en concluant :

— Je vous abandonne à votre misère, raclures de la création !

L'Américain se leva à son tour. Laissant sa serviette sur la table, il se précipita vers la sortie, traversa le hall et déboucha sur le trottoir. Quelques mètres plus loin, Ophélie, coiffée de son chapeau haut de forme, marchait dans la nuit d'un pas décidé, en direction de Saint-Germain-des-Prés. Il appela :

— Ophélie !

Elle marqua un temps d'arrêt, sans se retourner. David courut, doubla la jeune femme et, soudain, il constata qu'elle pleurait. Avalant un sanglot, elle lui lança :

— Prétentieux, méprisants, vous êtes tous les mêmes !

Les yeux rouges avaient gonflé, au milieu de sa bouille de petite Espagnole. David assurait :

— Mais non, c'est vous que j'aime, Ophélie...

Elle hochait la tête en signe de dénégation. Il poursuivait :

— Vous aviez raison, ce sont tous des goujats. Vous êtes la seule artiste que j'aime vraiment dans cette ville.

Dans un nouveau sanglot, Ophélie hoqueta :

— D'ailleurs, si vous me poursuivez pour ma gloire ou pour mon argent, vous vous trompez, je n'ai rien !

D'autres aveux suivirent avec la même candeur :

— Je n'ai pas d'atelier mais un F2 en banlieue. Je ne suis pas protégée par un riche Italien mais je suis mariée avec un saltimbanque. Je ne suis pas aristocrate, mes parents sont des concierges portugais et je m'appelle Vanessa. Mais je suivrai ma voie, sans renoncer…

David avait pris son bras et s'efforçait de la réconforter. Elle se retourna vers lui et prononça, très grande dame :

— Vous êtes pardonné… Mais dites-moi, David, pourquoi mes affaires marchent-elles si mal, en ce moment ?

Il resta silencieux, puis prononça :

— Vous êtes trop bien.

Ils marchaient silencieusement. Elle décida :

— On va passer chercher José, il a fini sa journée. Vous verrez, il est gentil.

Ils arrivaient place Saint-Germain-des-Prés. Sous les lampadaires, près du porche de l'église, David reconnut la statue de Toutankhamon qui l'avait étrangement fixé l'autre jour. Le roi égyptien restait figé dans son urne funéraire. Mais, comme Ophélie marchait dans sa direction, les traits du visage se détendirent. Puis Toutankhamon, cerclé d'or, sortit du sarcophage et se mit en mouvement vers la jeune femme en prononçant :

— Bonsoir ma chérie. Ça me fait plaisir de te voir, je commençais à en avoir assez.

Il retira sa coiffe, se frotta le visage avec un chiffon, et David, sous le maquillage doré, reconnut l'homme qui était venu dans sa chambre d'hôtel.

— J'ai fait dans les trois cents francs. Tu as passé une bonne journée, mon trésor ? demanda-t-il avec dévotion.

— J'ai investi la soirée des créateuses. Tu aurais vu leurs tronches. David était là : comme un chevalier servant !

Toutankhamon regarda l'Américain avec suspicion ; puis il adopta un sourire confiant, comme s'il suivait les recommandations de sa femme :

— Désolé pour l'autre jour, mais je n'admets pas qu'on fasse souffrir ma petite Vanessa.

David se demanda s'il prenait sa femme au sérieux. Mais déjà la poétesse interrompait le pharaon :

— Pas de Vanessa, mon ami. Nous sommes en public !

— Pardonne-moi, belle Ophélie !

Puis à David :

— Vous venez boire un verre avec nous ?

La Cour des Miracles

Ils marchèrent côte à côte, sous les arbres du boulevard Saint-Germain. Le mari d'Ophélie portait une valise contenant son attirail égyptien. Ophélie, en queue-de-pie, tenait son bras tout en soliloquant :

— Quand je prends la parole, il y a toujours trois abrutis pour siffler. Mais les autres restent babas. Ils m'adorent…

Ils descendirent par les petites rues vers la Seine.

— Ce soir, je suis tombée sur une bande de cloportes.

Ils arrivaient sur les quais, devant un café tabac aux vitres sales éclairées d'une lueur jaunâtre. Après le travail, Vanessa et son mari allaient souvent boire un verre à la Cour des Miracles. Assis en terrasse, quelques touristes mangeaient des croque-monsieur. À l'intérieur de la salle, entre le bar et les jeux électroniques, se serraient des ouvriers immigrés, des chauffeurs de taxi, des étudiants, des paumés. Les clients chargés de tickets de Loto se succédaient à la caisse. Dans les vitrines s'accrochaient des statues de Jeanne d'Arc, des portraits de Louis XVI, des drapeaux chouans.

Ophélie et son mari se dirigèrent vers une table en faux marbre, dans un recoin tranquille. Deux amis les attendaient en tenues médiévales : Frédéric moulé dans un justaucorps de bouffon couvert de losanges ; Marie-Laure transpirant sous une robe de gente dame et un chapeau pointu. Ils avaient l'air fatigués, fumaient des cigarettes. Toutankhamon les présenta. Employés aux bateaux-mouches, ses collègues chantaient l'histoire de Paris, une vingtaine de fois par jour. Ils avaient monté ce spectacle après des années laborieuses dans le théâtre amateur et envisageaient de monter leur boîte d'animation culturelle. Frédéric trouvait la société injuste. Il déplorait le manque de débouchés pour les acteurs. À quarante ans, Marie-Laure et lui commençaient à s'en sortir, mais beaucoup galéraient. Cette société allait exploser un jour ou l'autre. Pas assez de lieux pour s'exprimer. Pas assez d'argent. Dans ces conditions, il ne voyait rien de honteux à travailler pour le tourisme. D'autres s'engageaient à Eurodisney. Un artiste pouvait tourner n'importe quel genre à son avantage !

Son bavardage s'éternisait. Dehors, la nuit était presque tombée. Autour du bar, des clients levaient la tête pour suivre sur un écran les tirages de Rapido (toutes les cinq minutes). Après la deuxième bière, Toutankhamon se tourna vers sa femme et lui suggéra de chanter quelque chose. Frédéric continuait à parler de la situation sociale des comédiens tandis qu'Ophélie se levait, suivie par le regard amoureux de son mari. S'avançant près du bar, elle prit la parole pour annoncer sa prestation sous le regard résigné du patron. Puis elle entonna une chanson du début du siècle :

Tel qu'il est
Il me plaît
Il me fait de l'effet
Et je l'ai-ai-me...

Les consommateurs semblaient enchantés. Trois touristes allemands battaient des mains en mesure. Un groupe de Pakistanais, nettoyeurs dans le métro, reprit le refrain en chœur. Un grand Black coiffé d'un bonnet imitait des accompagnements de cuivres. Un voyou nerveux à casquette de base-ball osa lancer un sifflement. Ophélie jeta un regard sombre et s'approcha de lui en queue-de-pie, les mains sur les hanches pour chanter à tue-tête dans ses oreilles. Il n'osa pas insister. Les clients manifestaient leur satisfaction et l'artiste entama un tour de piste pour ramasser la monnaie. Sous un déluge d'applaudissements, elle regagna la table, cinquante francs en main :

— Vous voyez, dès que je prends la parole !

David la félicitait :

— En fait, vous êtes douée pour le comique. Vous pourriez en faire davantage...

Sa phrase était maladroite. Ophélie l'interrompit :

— Je suis une artiste complète, monsieur, pas une amuseuse. Mon art est d'abord poésie, tragédie, mélancolie. C'est ça qu'il faut leur expliquer à New York.

Entendant ces mots, José s'impatienta. Il regarda Vanessa et murmura :

— Tu es fatiguée, ma chérie, il faut rentrer.

Elle le dévisagea, interrogative, avant de convenir :

— Oui, tu as raison, allons nous reposer.

Laissant David seul à la Cour des Miracles, les quatre saltimbanques se levèrent de table. Chargés de costumes et de matériel, ils rentrèrent dormir chez eux en songeant avec angoisse à leurs numéros du lendemain.

6

Dans la nuit

Vers minuit, Estelle me raccompage. Elle freine devant mon immeuble. Le vin rouge lui réussit. Elle a trouvé le dîner sympa et pense que j'ai apprécié ses amis, dans leur pavillon de banlieue bohème. À son avis, le chef de publicité m'a remarqué, bien qu'il ne m'ait pas adressé la parole — ce qui prouve justement que je l'intimide ! Il va certainement me pistonner. Estelle rayonne et je n'ai pas trop de difficultés à la persuader de me laisser rentrer. Elle sait désormais que nous *pouvons* coucher ensemble, ce qui lui suffit et m'autorise certaines faveurs : comme de dormir seul chez moi, de préserver mon indépendance, d'attendre au moins une semaine avant de recommencer. Elle m'encouragera dans cette voie si je lui donne l'impression de contribuer au développement harmonieux de notre relation.

Je pose un baiser léger sur sa bouche avant de

sortir de voiture. Elle m'adresse encore un petit signe derrière le pare-brise et je lui réponds dans un mimétisme parfait, toujours guidé par le principe de béatitude qui m'a saisi ce matin. La vie ne m'apparaît plus comme une course angoissée vers la mort, mais plutôt comme une voluptueuse perte de temps. Un flot de stupidité heureuse s'écoule dans mon sang par réaction au malheur ; une délectation de chaque instant pour sa beauté, sa laideur, son absence de beauté ou de laideur ; une volonté d'aimer le monde tel qu'il est ; une sensation de glisser entre le temps et les choses.

Il fait chaud. Tandis que s'éloigne la voiture d'Estelle, je m'attarde un instant sur le trottoir. Des groupes se dirigent vers le quartier des Halles pour faire la fête au fond de caves bondées et irrespirables ; ils vont claquer leur argent dans des boîtes où le personnel n'hésitera pas à les humilier. Un portier les toisera et les fera patienter avant de les laisser entrer ; compressés dans la foule, ils peineront pour accéder au bar. Indifférents à leur pitoyable sourire, les barmans les traiteront comme des chiens assoiffés ; ils attendront dix minutes leur minuscule dose de whisky-Coca, avant de payer en s'excusant. Les plus pauvres se contenteront de traîner dehors, à l'angle des rues où des Coréens sans papiers fabriquent des crêpes pour nourrir les touristes, délinquants, policiers, psychopathes, alcoolos et tout ce nouveau peuple des Halles qui, chaque soir, se réveille dans la poubelle de Paris. Tout cela me semble impeccable.

Avant d'ouvrir la porte de l'immeuble, je consulte le téléphone portable que j'avais positionné pour le dîner en mode silencieux. Quatre appels rapprochés se sont succédé au cours de la dernière heure : quatre appels du même correspondant. Je ne reconnais pas son numéro mais j'identifie sa voix sur le répondeur :

« Salut Cricri (c'est le surnom qu'il me donne). Ici Pascal Blaise. Je suis dans le quartier. J'avais envie de boire un verre. Si tu trouves ce message, rappelle-moi. »

En temps de dépression normale, j'aurais éteint l'appareil et serais monté me coucher, considérant l'inconvénient de boire davantage, l'inutilité d'une conversation supplémentaire avec un être déjà connu, l'ennui de répéter ce que nous nous sommes déjà dit, la perspective d'être fatigué demain matin. Mais la bonne humeur, ce soir, m'incite à appuyer sur la touche Rappel. Après quelques sonneries, je distingue la voix de mon camarade dans un brouhaha. Sans s'expliquer davantage, il me donne rendez-vous dans un café tabac sur les quais.

Pascal Blaise est un copain antillais, rencontré peu avant ma dépression. J'avais trente ans et j'accomplissais divers métiers paracinématographiques :

assistant, coscénariste, auteur de courts-métrages, critique spécialisé... Ayant échoué à financer le long-métrage sur moi-même qui devait assurer ma gloire, je claquais l'argent qui me restait dans un milieu de noctambules cocaïnophiles, amateurs de petits déjeuners à Deauville. Un soir, alors que nous dansions dans un loft sur de vieux inédits de James Brown, j'allai demander les références au disc-jockey. Ce grand Black portait des dreadlocks de rasta — religion dont il n'avait retenu heureusement que ce détail capillaire. Jusqu'à la fin de la nuit, nous avions discuté et sniffé des lignes, animés par la même propension aux plaisirs paresseux. Depuis, nous nous retrouvons deux ou trois fois par an pour traîner ensemble.

Ce soir, DJ Pascal m'attend à la Cour des Miracles. Je suis passé plusieurs fois devant ce bureau de tabac fermant tard, où se retrouvent les vagabonds et les chauffeurs de taxi en pause. Depuis la rue, j'aperçois les vitres embuées par un halo de fumée. Poussant la porte, j'ai l'impression d'entrer dans une antique taverne de Londres ou d'Amsterdam, car ce ne sont pas seulement des clients qui se serrent autour du bar, mais une vraie collection de gueules tordues, enflées, surinées, décharnées. Autour des jeux d'argent, les corps alcoolisés s'ébrouent dans la chaleur accablante, sous une lumière ingrate. Un résidu de Breton édenté brandit ses tickets de Loto ;

deux Africains à nez épatés suivent le tirage du Rapido ; un Chinois grassouillet commande un demi et lève son verre pour trinquer, mais personne ne l'écoute.

Au-dessus de la porte des toilettes, une statue de Jeanne d'Arc brandit un drapeau à fleurs de lis. Sur le mur d'en face, près des comptoirs de PMU, un buste de Louis XVI est entouré d'affiches en faveur de Louis XX. La graisse et la fumée s'accrochent aux rois de France. Le grésillement des machines à café couvre la musique de fond : un chant religieux des partisans chouans. Une gueule mal rasée de paumé algérien me regarde en souriant et j'admire ce mélange au cœur de Paris : refuge incohérent où se mêlent jeux d'argent, nostalgie monarchiste, immigration clandestine et DJ Pascal Blaise sur le côté gauche du bar, en conversation avec un VRP complètement bourré. Mon camarade a rasé sa coupe de rasta et il porte un bonnet. Accoudé au comptoir, un jeune homme à cheveux bouclés suit la discussion avec intérêt.

Je m'approche discrètement. Les deux hommes sont en train de résoudre un malentendu concernant la supériorité musicale de James Brown ou de Johnny Hallyday. Le VRP boit du Ricard et soutient Johnny. Scandalisé, Pascal commande une bière et refuse de considérer Hallyday comme un artiste, tandis que James est le pur génie de la deuxième moitié du XXe siècle.

— C'est parce que tu es noir. Pour vous, la musique, c'est du rythme et rien d'autre !

— Je suis métis et mes ancêtres étaient des aristocrates escrimeurs ! rétorque l'Antillais, tandis que le buveur de pastis entonne un refrain de son idole.

Il chante en tordant la bouche, puis avale cul sec le contenu de son verre.

Près d'eux, le jeune homme sourit. Plus loin, deux travelos en jupes de cuir patientent au comptoir de tabac. Le patron sert, engoncé dans un fatras de paquets de cigarettes, bulletins de Loto, statuettes de la Vierge Marie. Une longue barbe grise renforce son allure d'homme primitif. Il tient son café, garde le calme devant les cinglés de la nuit, mais ses yeux s'éclairent de bonheur lorsqu'un client demande un renseignement sur les différentes branches de la famille royale.

Indifférent à ces questions, Pascal Blaise a tourné vers moi sa tête sympathique, un peu creusée par les rides.

— Salut Man, ça carbure ?

Dans le creux de l'oreille, il m'apprend qu'il a cessé de vendre du hasch. Façon discrète de m'indiquer que si j'en cherche un peu… Actuellement, il travaille sur un chantier, repeint des appartements en banlieue, fait le DJ dans des soirées et envisage, avec une copine, de monter un commerce de chapeaux dans les Halles. En fait, il aimerait partir, quitter la France, aller en Amérique où son cousin tient un restaurant, à Chicago. Il me demande si je connais.

— Chicago, oui, j'y suis passé une fois, quand je faisais le tour du monde. Imagine une sous-préfecture de huit millions d'habitants.

— Vous avez raison. Ne croyez pas qu'on vit mieux là-bas !

Le jeune homme a pris discrètement la parole, avec un léger accent. Tendant son demi pour trinquer avec nous, il ajoute en souriant :

— Moi, par exemple, j'arrive de New York. Mais après trois mois de voyage, je regrette seulement que les Français imitent continuellement les Américains, tout en se persuadant d'être très originaux.

— C'est l'Amérique du pauvre, soupire Pascal.

Il trouve ce pays provincial, enfermé dans ses souvenirs et frétillant devant n'importe quel signe de modernité. Tant qu'à faire, il préfère voir vraiment ce qui se passe là-bas, sans attendre que ça nous revienne en seconde main.

Je me demande si ces différences ont encore un sens. Tout circule si rapidement, d'un bout à l'autre de la planète. À quinze ans, je me promenais sur la plage du Havre en fredonnant des airs de Jim Morrison. J'imaginais les boulevards infinis de Los

Angeles, les fumées jaillissant aux carrefours de New York. Je me rappelle l'automne sur Manhattan, lors de mon premier voyage. Je débarquais au pays du cinéma, à l'aube d'une vie aventureuse. Vingt ans plus tard, me voilà enfermé dans des activités professionnelles proches de l'absurde, comme n'importe quel New-Yorkais de mon âge. Ici ou là-bas, c'est le destin d'homme moderne qui est insupportable. Ici ou là-bas, c'est la fraîcheur de la découverte qu'on voudrait retrouver avant de mourir.

J'en suis là de ma divagation quand un nouveau personnage pousse la porte de la Cour des Miracles. Il porte un imperméable et tient un sac de voyage. Irrité, il prend la parole, expliquant qu'il a cherché partout un hôtel. Il engage la conversation avec nous, prétend venir de Francfort mais, un peu plus tard, il dit arriver de Bruxelles. On dirait un type expulsé de son domicile ou viré par sa femme. Mais j'apprécie la dignité avec laquelle il veut passer pour un voyageur égaré et finit par ressortir de l'établissement, bagages à la main, en pestant contre les hôteliers.

Nous décidons d'aller boire un dernier verre chez moi. Je propose à l'Américain de nous accompagner et nous titubons tous trois sur le trottoir. David s'extasie en apprenant le nom de DJ Pascal Blaise :

— C'est incroyable ! Aux États-Unis, jamais un DJ

ne prendrait le nom d'un philosophe. Les Français sont vraiment bizarres !

Pascal répond qu'il s'agit réellement d'un nom antillais. Arrivés dans l'immeuble, nous nous serrons dans l'ascenseur d'une personne et demi. La porte coulissante se referme. L'engin démarre lentement. Soudain, la voix préenregistrée annonce sur un ton mécanique :

« Propulsion accélérée. »

Je reconnais le timbre informatisé qui m'a déjà troublé ce matin. L'électronique déréglée aligne ses formules dans un ordre aléatoire assez inquiétant :

« Blocage des systèmes. »

Pascal Blaise me regarde, anxieux. Nous continuons à progresser vers le haut. Mon ami souffre de claustrophobie et supporte mal cette situation. Quant à moi, je m'étonne que l'ascenseur continue à monter, bien que j'aie enfoncé, comme d'habitude, la touche du troisième étage. Le mouvement devrait s'interrompre. Au rythme où nous grimpons, nous pourrions avoir dépassé la hauteur de l'immeuble… Pourtant, comme tout ce qui m'arrive depuis ce matin, j'accepte ce trouble comme un signe favorable. Il m'est presque agréable d'éprouver cette sensation irrationnelle, due probablement à l'alcool. L'Américain semble résigné. Pascal lui-même finit par se calmer et l'ascenseur choisit ce moment pour amorcer son freinage. Il s'immobilise plus lentement que d'habitude et annonce :

« Essai terminé. Opération suspendue. »

Puis la porte s'ouvre, et nous voyons apparaître les toits de Paris, illuminés par une poudre d'étoiles.

La machine a grimpé jusqu'au sommet de l'immeuble. J'ignorais l'existence d'une porte sur cette terrasse goudronnée qui domine le quartier, les cheminées, ses gouttières. La tour Eiffel se dresse au loin dans le noir. J'ai envie de prendre l'air et mes deux invités s'avancent avec moi dans ce paysage nocturne. L'Américain semble aux anges :

— Voilà exactement la ville que je cherchais.

On entend ronronner les voitures au loin. Un chat saute sur le toit voisin. Depuis ce matin, mon existence s'écoule comme un conte, avec ses thèmes et ses enchantements. Peut-être faudrait-il vivre toujours ainsi, glissant d'une situation à l'autre selon des enchaînements mystérieux. Juché au cœur de Paris, j'aperçois le fil doré de la Seine qui glisse entre deux immeubles, en direction de l'ouest. Je songe aux bassins du Havre, deux cents kilomètres plus loin.

— Et tout là-bas, l'Amérique, murmure DJ Pascal.

Puis il s'assoit et commence à rouler un joint.

David parle avec ferveur des années 1900. Cette nostalgie m'agacerait vite chez un Français. Affectant de mépriser leur époque, certains jeunes bourgeois se donnent des allures de petits marquis. Ils parlent un langage précieux et croient s'inspirer d'un passé meilleur. Mais l'illusion passe mieux dans ce regard étranger, parcourant le pays qu'il aime dans une sorte de rêve éveillé. Ce voyageur de vingt ans me rappelle mes propres voyages. Dans l'humeur radieuse où je flotte depuis ce matin, je voudrais lui découvrir quelques fragments du pays qu'il cherche. Une idée me vient :

— Veux-tu m'accompagner, demain, chez une personne qui te plaira ? Elle vit au bord de la mer, dans une villa pleine de livres et de tableaux.

David sourit :

— Vraiment ? Et de la poussière sur les livres ?

— Oui, beaucoup de poussière. Si ça t'amuse, viens à onze heures, gare Saint-Lazare, au départ du train de Dieppe. On se retrouvera sur le quai.

7

Le chien

À onze heures, comme convenu, je me poste à l'entrée du quai, sachant que les grandes décisions nocturnes se concrétisent rarement : j'ai donc peu de chance de voir apparaître — en plein jour — cet Américain rencontré à deux heures du matin, en état d'ivresse. Effectivement, il ne vient pas et je m'installe seul dans le wagon, enchanté quand même de filer à la campagne. Tout me semble léger : j'ai emporté du travail en retard (le prochain numéro de *Taxi Star*), mais cette perspective ne me déprime absolument pas. À peine assis, j'allume le micro-ordinateur pour commencer mon éditorial consacré au problème du stationnement.

Tel un virtuose devant son piano, je lance des déflagrations de mots sur le clavier : « Quand la préfecture de Police se décidera-t-elle à faire respecter les axes rouges ? » Les touches claquent avec une régularité de mitraillette : « Dans cette affaire, les intérêts du chauffeur de taxi rejoignent ceux de l'automobiliste lambda. L'un et l'autre gagneraient au respect de la réglementation... » Emporté par l'élan, j'improvise les phrases à mi-voix. Mon moteur chauffe, les idées fusent. Ayant bouclé le premier feuillet, j'attaque déjà le second — une fine distinction entre les responsabilités de l'État et celles de la municipalité parisienne — sans m'aviser qu'un voyageur s'est assis sur la banquette voisine, de l'autre côté de l'allée.

Mes doigts courent et j'éprouve une véritable jubilation. À ce degré d'intensité, mon talent finira par éclater au-delà des cercles étroits de la presse professionnelle. Tel est l'avantage d'écrire dans *Taxi Star* : car beaucoup de décideurs utilisent le taxi. Un jour ou l'autre, mon édito tombera sous les yeux d'un chasseur de têtes. Je relance une salve : « Les calculs électoraux du gouvernement expliqueraient-ils un certain relâchement dans le contrôle de la circulation à Paris — dont le maire n'appartient pas au même camp politique ? » Je n'en sais rien, mais mon audace polémique me fait sourire. Je tourne la tête, espérant voir les autres passagers partager mon contentement. Je tombe alors sur la figure ahurie du jeune Américain d'hier soir. Costume clair, chapeau de paille sur les genoux, il me considère comme un demi-fou et prononce :

— Excusez-moi, je n'ai pas osé vous déranger.

— Mais non, au contraire. Je t'ai cherché tout à l'heure !

— J'ai attrapé le train au dernier moment. Mais ne vous occupez pas de moi, continuez à travailler.

J'apprécie sa délicatesse car, effectivement, je redoute de perdre l'inspiration, si rare qu'il faut saisir le moment opportun. Remerciant David de me laisser terminer cet article « important », je me retourne, fébrile, vers le clavier d'ordinateur pour poser la question sous un angle philosophique : « Entre les urgences de chacun et l'agrément de la ville pour tous, comment choisir ? »

Les relectures et les corrections m'occupent encore une bonne demi-heure. Quand je me retourne pour reprendre la conversation, je constate que l'Américain s'est endormi. Au moment d'arriver à Dieppe, je le secoue. Il dresse sa tête ébouriffée et prononce, vaseux :

— Pardonnez-moi cette absence...

— Arrête de me vouvoyer, et ne t'excuse pas tout le temps. Je vais te présenter Solange, qui est ma meilleure amie — bien qu'elle ait trente ans de plus que moi. C'est une femme très cultivée. Je me réfugiais tout le temps chez elle, pendant mes études.

Tout en palabrant, je débarque dans le hall de la gare, suivi par mon hurluberlu en tenue de campagne. Au-dessus des casquettes et des chignons dépasse le visage ridé de Solange, planté sur son corps de grand arbre sec. Je lui fais signe tandis que David s'avance pour un baisemain — croyant devoir agir ainsi avec une femme du monde. Mais elle dresse les bras en annonçant :

— Il fait un temps magnifique, vous avez bien fait de venir.

Interrompu dans son mouvement, l'Américain reste plié en deux. Solange s'étonne :

— Il est bizarre, votre ami.

Puis à David :

— Redressez-vous, mon vieux ! Et en voiture…

La petite automobile longe les bassins du port de Dieppe où se balancent les mâts des plaisanciers. Nous grimpons sur le plateau en direction de Varangeville. C'est un jour chaud qui annonce l'été. Les vitres baissées laissent passer des parfums de fleurs. On aperçoit la mer alanguie, d'un bleu vaporeux entre deux pans de falaise. Solange s'adresse à David :

— Puisqu'il semble que cela vous intéresse, je vais tout vous expliquer. Et ne m'interrompez pas. En 1865, mon arrière-grand-père a fait construire cette villa où il recevait les peintres et les musiciens. Il avait fait fortune dans l'industrie et se flattait d'être mécène.

David écoute avec attention. À droite, une voiture essaie de griller la priorité. Solange, furieuse, tourne la tête vers l'autre conducteur ; elle pointe vulgairement le majeur vers le chauffard et accélère. David la regarde, ébahi :

— Nous disions donc, jeune homme, qu'en 1865...

Je l'ai connue quand j'avais dix-sept ans. Mes grands-parents passaient les vacances dans une villa des environs. Ils m'avaient présenté Solange lors d'une réception estivale et, tout de suite, j'avais adoré ce mélange de manières raffinées et grossières, loin du style guindé de la bourgeoisie havraise. Solange avait tout lu mais elle jurait comme un charretier. Après mon installation à Paris, elle m'invitait souvent, le week-end, dans sa propriété normande. Elle m'encourageait, croyait en mon talent. Nous bavardions dans son salon ouvert sur la mer : comme un asile dégagé de toute angoisse, de toute appréhension.

La voiture entre dans le parc. Derrière les pelouses fleuries se dresse un manoir à colombages encadré de pins maritimes. La maison se prolonge dans une quantité de décrochements, d'ailes, de petits toits d'ardoises couverts de lierre. Une terrasse domine les bois qui descendent tout droit vers la plage.

Solange joue parfaitement son rôle. Elle entraîne David dans un vestibule sombre, orné de fresques représentant la station à la fin du XIXe siècle. Puis nous entrons dans la véranda qui domine la mer, à cent mètres d'altitude : partout, devant nous, le bleu pâle de la Manche, paisible et chaude comme une mer du Sud. Sur la gauche, une paroi de falaise crayeuse remonte vers le plateau. On distingue dans les broussailles une maison en ruine. David s'exclame :

— C'est incroyable ! On dirait la vue d'un tableau de Monet... avec la cabane du douanier sur la falaise.

Solange le regarde en fronçant les sourcils :

— Évidemment, pauvre con ! Puisque je vous dis qu'il a peint dans cette maison. Je vous montrerai ses lettres si vous êtes sage.

David reste groggy. On passe à table où la maîtresse des lieux continue ses explications dans une odeur de brûlé. Dernière à s'en apercevoir, Solange se tait brusquement, soupire et précise sur un ton de reproche :

— Il ne faut pas me distraire quand je fais de la cuisine !

Furieuse, elle disparaît puis revient, quelques instants plus tard, tenant un plat carbonisé :

— Ce sera infâme ! promet-elle.

L'Américain commence à se détendre. Soudain, il rigole et Solange le fixe du regard, en lançant :

— Qu'est-ce qui vous arrive ? C'est très sérieux ce que je vous explique.

À la fin du repas, nous allons prendre le café près

du tennis abandonné. Un peu voûtée, mains jointes derrière le dos, la vieille dame entraîne à nouveau son protégé sur les graviers en lui demandant :

— Et vous, racontez-moi votre histoire…

Une silhouette apparaît au fond du jardin. La femme de ménage approche, portant un panier. Oubliant David, Solange rejoint son employée et lui prend l'épaule, en se livrant à d'urgentes confidences :

— Vous savez ce qui s'est passé hier ? Ce petit enfoiré de brocanteur s'est rendu chez la pauvre Mme Dujardin pour lui extorquer ses meubles. Elle m'a téléphoné, complètement paniquée. Je lui ai dit de m'avertir s'il remettait les pieds chez elle !

Elle revient déjà dans l'autre sens. Et, comme nous restons plantés sur les graviers, elle s'exclame, agacée :

— Alors, vous venez le prendre, ce café ?

L'après-midi s'écoule près du tennis. Un reste de filet gît dans les fleurs sauvages. Nous somnolons sur des chaises de jardin, à l'ombre des pommiers. David raconte à Solange ses débuts dans la vie. Il évoque son père, un étudiant français. Cela rappelle un peu mon voyage à New York, mais je n'ai pas envie de parler. Il fait chaud et je bâille dans les senteurs du jardin. Comme l'heure du train approche, Solange demande :

— Vous restez dormir ?

David doit rentrer. Il a rendez-vous à Paris, demain matin, pour un téléfilm dans lequel il doit jouer son rôle de Candide américain découvrant la France moderne ; afin de gagner un peu d'argent. Solange l'invite à revenir cet été. Il remercie avec dévotion. Elle ajoute :

— Et puis, faites un peu moins de manières, détendez-vous, mon bonhomme !

Quant à moi, la campagne me fera grand bien. Tandis que je somnole, ma vieille amie reconduit David à la gare de Dieppe. La voiture s'éloigne sur les graviers. Un quart d'heure plus tard, saisi par l'agréable fraîcheur de fin d'après-midi, je décide d'aller me promener sur la falaise.

*

J'ai souvent fait cette balade qui longe la mer, à pic. Le sentier court parmi les herbes, surplombe l'étendue aux couleurs changeantes : rouleaux verts de tempête, petits moutons blancs de brise ou bleu cotonneux, comme aujourd'hui. Tout en bas, quelques barques tracent leur sillage pour relever des casiers. Le chemin est dangereux par endroits, où le rebord crayeux menace de s'effondrer. Des corniches inaccessibles abritent les nids de goélands sur lesquels veillent des mères hautaines, maîtresses de ce domaine entre ciel et terre. Cent mètres plus bas s'étend la grande plaque rocheuse qui se découvre à marée basse.

Gonflé par le soleil, guéri de tous les maux, je foule les fleurs au-dessus de la mer étale. Quelques oiseaux planent à côté de moi. *Taxi Star* perd toute importance et je songe que je suis un corps, quelque part dans l'infini. Or ce corps qui marche au sommet de la falaise — relié au ciel et à la mer — me paraît plus réel que mon corps parisien et ses tourments abstraits. La ligne de falaises se prolonge au loin, mêlant le blanc de la craie aux teintes terreuses. Cette haute muraille s'allonge sur cent kilomètres, du Havre au Tréport. Broutant sur le plateau, les vaches normandes portent le même vêtement brun taché de blanc. Les autochtones ont la peau blanche et les cheveux roux, comme si tout sortait d'une même pâte.

Le sentier se resserre au bord de la falaise. De fortes clôtures bordent les pâturages pour empêcher les vaches de se jeter dans le précipice. J'avance à présent sur une étroite bande de terre, entre les barbelés et l'abîme. Un coup de carabine résonne au loin. Je savoure le paysage, l'œil gauche contrôlant mes pieds au bord de la falaise, l'œil droit lorgnant les vaches, le corps en harmonie avec les éléments. Je me sens bien.

Soudain, en quelques secondes, le conte rose vire au conte noir. Cela commence par quelques aboiements. Je tourne la tête. Au fond du pré, je vois sortir des fourrés un berger allemand qui s'avance rapidement vers moi. Je me demande s'il dit des politesses ou s'il vient me houspiller comme un chien de garde. J'attends l'appel du maître qui l'a emmené en promenade, mais le chien est seul à l'intérieur du pré. S'approchant de la clôture, il jette un regard furieux, comme s'il voulait m'attaquer. Un nouveau coup de fusil retentit au loin, et le chien pointe sous les barbelés sa gueule rageuse, en aboyant plus fort. Ses crocs scintillent. Il cherche ma jambe et je me retourne. Derrière moi, la falaise s'effondre brutalement vers la mer.

Bercé dans les vapeurs d'infini, je ne m'y attendais pas. Le sentier continue droit devant, toujours aussi étroit sur le pan de falaise déchiqueté. Attaqué par un chien furieux, je sais qu'il ne faut pas montrer ma peur ni provoquer l'ennemi. Si je commence à courir, le berger allemand risque de me sauter dessus, nous allons tomber ensemble et glisser brutalement dans le vide. Je dois tenter de m'éloigner calmement. Trois cents mètres plus loin, le chemin s'élargit et regagne le village.

Un nouveau coup de feu retentit. Redoublant de rage, le berger allemand lance sa gueule sous les barbelés. Il atteint mon mollet et arrache le bas du pantalon. Mon regard plonge vers les rochers pointus. La mort est là, près de moi, dans un cauchemar en plein soleil. Affolé, j'essaie de comprendre ce qui se passe. On dirait que ces coups de feu rendent l'animal complètement fou. Comme un paranoïaque, il me croit responsable des douleurs qui transpercent sa tête. Il faut lui expliquer que je ne suis pas son ennemi, marcher régulièrement sans répondre à l'attaque, et même lui parler avec douceur. Quelques mots sortent de ma gorge nouée :

— Calme-toi, n'aie pas peur. Je ne te veux pas de mal.

Marchant droit devant moi, je répète ces mots pour me calmer moi-même. Fébrile, le grand chien me suit derrière la clôture. Enfin, il parvient à passer sous les barbelés et me rejoint sur le sentier, le long du précipice. Il aboie encore et menace mes mollets tandis que je lui parle à mi-voix, comme un bon maître :

— Ne crains rien, je suis ton ami.

Chaque pas dure longtemps. Au milieu du pâturage, les vaches nous regardent, indifférentes. Un coup de feu éclate au loin. Comme pour répondre, le chien lance sa gueule contre ma jambe qu'il mord profondément.

Je regarde la mer au fond, entre les corniches et les mottes de terre suspendues. Il va me sauter dessus, s'accrocher à mon bras. Nous allons tomber sur l'herbe — quelques mètres en pente douce, puis la chute lente et fracassante contre les pierres aiguisées de l'estran. Personne ne saura rien de ce cauchemar solitaire. On croira que je suis tombé par imprudence. La mort dans mes chevilles teste ma résistance, sachant qu'un jour ou l'autre je tomberai dans ce gouffre. Pour l'heure, ma seule chance est de m'éloigner encore, de parler toujours. Le chien se calme un peu. Je vois approcher l'extrémité du champ.

À l'embranchement du chemin, je m'éloigne enfin du rebord de la falaise. Le chien me suit toujours. Ma jambe saigne. La gueule, à mes pieds, cherche la bataille. Personne à l'horizon dans les prés immenses. Un nouveau coup de feu transperce le silence et je pressens la catastrophe. Mais au lieu de se jeter sur moi, le chien pousse un cri de douleur ; il fait brusquement demi-tour, glisse à nouveau sous la clôture puis s'enfonce dans les prés d'où il est venu. Affolé, je marche encore sans m'interrompre. Le berger allemand passe au milieu des vaches qui décampent, puis il s'enfonce dans les bosquets. Je n'y comprends rien. J'ai peur. Je regarde ma cuisse ensanglantée marquée par la pointe des crocs, mon pantalon en lambeaux. Que s'est-il passé ?

Cherchant une présence humaine, j'aperçois alors un 4×4 près d'une mare, au milieu des champs de betteraves. J'ai besoin de parler, d'expliquer ce qui m'arrive, de retrouver ce chien fou et son maître inconscient. Moitié boitant, moitié courant, je me précipite vers le véhicule et finis par distinguer plusieurs hommes, assis sur des caisses en bois, devant l'entrée d'un blockhaus en béton couvert de végétation — un résidu du mur de l'Atlantique, transformé en abri pour la chasse aux canards. Sur une mare, de faux canards en plastique dérivent au gré de la brise dans un sens, puis dans l'autre. Coiffé d'une casquette militaire kaki, l'un des hommes brandit un fusil. Il épaule, vise et tire. Sa cartouche fait éclater l'un des leurres. Les chasseurs éclatent de rire.

Je m'approche, essoufflé, mais ces trois individus en treillis de camouflage ne prêtent aucune attention à moi. On dirait plutôt qu'ils font semblant de ne pas me voir. Celui qui vient de faire feu est maigrichon, les deux autres plus baraqués. Je m'exclame :

— Il vient de m'arriver une chose terrible…

Leurs trois bouilles se tournent lentement vers moi. Le plus grand porte des lunettes noires. Le tireur paraît complètement aviné, comme s'il était sorti de table après le repas du dimanche pour s'exercer à la carabine — bien que la saison de chasse soit terminée. Des bajoues violacées tombent de son visage. Ses yeux vitreux me regardent.

— Un chien fou m'a attaqué sur la falaise. Il faut prévenir les gendarmes !

Les hommes ne répondent pas. Les lunettes noires se baissent vers mon pantalon déchiré. Le tireur retient un rire sourd tandis que le troisième, un jeune à moitié chauve, prend un air faussement préoccupé. Je leur montre le sentier au loin :

— C'était là-bas, au bord de la falaise. Vous n'avez pas entendu le chien aboyer ? Vos coups de fusils l'excitaient. Il était prêt à me sauter dessus. Regardez ma jambe.

Ils se dévisagent lentement, puis le maigrichon répond avec des relents de vinasse :

— Nous, on n'a rien vu.

Le jeune porte une paire de jumelles autour du cou. J'ai maintenant l'impression qu'ils se sont amusés à exciter le chien, dans l'espoir peut-être de me voir tomber. Je ferais mieux de m'éloigner. Sans ajouter un mot, je reprends mon chemin vers la maison en traînant la jambe.

Sur les prés, à la lisière du village, des familles jouent au cerf-volant. Cette présence de parents et d'enfants me rassure après la vision des chasseurs ivres. Traînant mon pantalon en charpie, je m'approche d'un père et de son garçon, obnubilés par leur oiseau dans le ciel. Je commence à parler :

— Faites attention, il y a un chien fou sur la falaise. Il m'a attaqué là-bas !

Le jeune père me regarde niaisement. Il me prend pour un dérangé. Sans un mot, il se retourne vers son fils, préoccupé par les performances de l'engin qui s'abat en vrille, non loin de moi.

Je dois avoir l'air d'un fou. Je marche encore vers la demeure de Solange qui n'est pas rentrée. La femme de ménage est partie. Seul dans la maison, je téléphone à la gendarmerie : ce chien est dangereux ; il pourrait tuer quelqu'un. Le préposé prend note. Il ne semble pas comprendre, lui non plus. J'insiste :

— Au bord de la falaise ! Un berger allemand !

Dépité, je me rends dans la salle de bains pour désinfecter ma jambe. J'attends mon amie. Je voudrais lui parler, lui raconter mon aventure. À sept heures, le téléphone sonne. Je me précipite. De nouveau la gendarmerie. Le préposé demande s'il est bien chez Solange.

— Oui, je suis un ami. C'est moi qui vous ai appelé, tout à l'heure.

Un peu gênée, la voix de l'homme reprend :

— Votre amie vient d'avoir un grave accident de voiture, à l'entrée du village. Une ambulance l'a conduite à l'hôpital de Dieppe.

*

Je planais comme un idiot. À présent, les images atroces se télescopent : voiture disloquée, ambulance filant vers l'hôpital, chien fou, chasseurs sadiques… Mais ce n'est pas un cauchemar et l'accident de Solange m'oblige à réagir. Après quelques instants de prostration, je téléphone aux renseignements pour trouver le numéro de sa fille. Elle m'annonce son arrivée par le dernier train de Paris ; puis j'appelle un taxi pour filer à l'hôpital de Dieppe.

Le gendarme a parlé d'un accident grave. Solange serait dans le coma. Ma jambe me fait mal mais cela n'a plus d'importance. Le chauffeur me parle et je réponds évasivement. Un chien traîne au bord de la nationale. Je frémis comme si cette créature allait bondir sur le pare-brise, mais c'est un bâtard affamé qui nous regarde tristement. Le soleil de juin brille toujours sur la mer, quand j'entre dans l'atmosphère désinfectée des urgences. Mon amie est en salle d'opération. Impossible de la voir. J'attends sa fille à la gare, puis nous retournons à l'hôpital avant de regagner la villa. Jusqu'au milieu de la nuit, je me retourne entre mes draps, en écoutant des aboiements qui résonnent au loin. Je revois l'animal et sa gueule enragée. J'aurais dû accompagner Solange au lieu de partir sur la falaise.

Le lendemain matin, je la découvre sur son lit, inanimée, respirant difficilement. Des tuyaux sortent du nez et de la bouche. Sa poitrine nue se gonfle et se relâche péniblement. Emmaillotée dans une blouse stérile, sa fille lui prend la main et parle doucement. Un peu gêné, j'articule quelques mots pour assurer ma vieille amie que nous attendons sa guérison. Le médecin semble perplexe. Arrivés à la maison, nous apprenons que tout est fini.

Soudain, comme dans une conversation interrompue, je comprends que nous ne nous parlerons plus jamais. Solange est partie. Hier nous étions ensemble, ce soir nous sommes très loin, et je commence à pleurer.

La veille de l'enterrement, incapable de trouver le sommeil, je descends faire quelques pas dans le parc. Il est minuit. Cette maison dans la nuit, les souvenirs de promenades parmi les massifs fleuris, toutes ces images de moi-même, ici, à dix-sept ans, vingt-cinq ans, trente ans, marchant près de mon amie, me font de nouveau sangloter. Je voudrais lui parler, je voudrais qu'elle m'entende. Mais elle s'éloigne encore et je me sens très seul.

Le lendemain matin, à la sortie de l'église, le cortège funèbre se dirige à pied vers le cimetière communal. Des gens s'embrassent, d'autres sourient. Les gestes banals gagnent en intensité. Tandis que le prêtre récite ses prières au-dessus de la tombe, je regarde les champs de lin bleus bercés par le vent chaud. Plus loin, j'aperçois les falaises de craie et de terre rouge, le pré où je me promenais l'autre jour, le bosquet d'où a surgi le chien, au moment où un camion pulvérisait la voiture, la mer qui nous regarde sans s'expliquer davantage.

8

David et Arnaud

Seras-tu prêtre du Seigneur ?

Paris s'est vidé de ses Parisiens. Le soleil chauffe les rues désertes ; les touristes se regroupent autour des monuments. Plusieurs fois, David a rappelé son ami journaliste, mais il est tombé sur un répondeur. Il est retourné place Saint-Germain-des-Prés, où Toutankhamon lui a demandé de ne pas revoir Ophélie — menacée de folie douce à chaque nouvelle rencontre avec son « admirateur américain ». Elle a trouvé un job à La Bohème, un restaurant touristique de la butte Montmartre où elle chante des romances jusqu'à la fin de l'été.

David lit des livres aux terrasses de café. Il flâne dans la ville, arpente les musées. Hier soir, il s'est rendu dans un music-hall. L'affiche annonçait « Une revue à la française », mais les danseuses nues ressemblaient à des pin-up de Las Vegas. Elle chantaient en anglais des refrains disco, entrecoupés de projections vidéo sur la vie des dinosaures.

Ce soir, il déambule près de l'île de la Cité. Le long des quais, plusieurs bateaux à roues du Mississippi présentent des spectacles sur Paris. Quittant la berge, David remonte un escalier vers Notre-Dame. Il est minuit, mais une foule très dense converge vers la cathédrale. Au pied du porche gothique, une immense estrade métallique est éclairée par des projecteurs. Encore quelques mètres et David débouche sur le parvis, noir de monde. Assis par terre, accroupis au pied des deux grandes tours, des milliers de jeunes regardent le podium d'où s'élève un chant, scandé par les guitares et les claviers amplifiés :

Esprit saint, esprit du Père,
fais-nous entrer dans l'amour...

Sur scène, une rangée de prêtres en aube entonne les couplets dans toutes les langues : français, anglais, espagnol, allemand, chinois. Dans le public, des milliers d'yeux scintillent et les jeunes de tous pays reprennent le refrain : boy-scouts zaïrois, Vietnamiennes en tenue de bonnes sœurs, ou simplement jeunes habillés en jeunes : petits-bourgeois, grunge, étudiants, footballeurs. Certains portent des croix, d'autres des tee-shirts Che Guevara. Ils brandissent des cierges qui brillent dans la nuit devant Notre-Dame. Le vent fait parfois frémir la lueur, mais les jeunes mains protègent des milliers de flammes. À la fin du refrain, une femme s'approche du micro et sa voix retentit :

Seras-tu prêtre du Seigneur ?

Vêtue d'une longue robe mauve, elle s'exprime avec un timbre rauque de vieille entraîneuse. David marche dans la foule, tandis que la voix répète sa supplique, adressée à chacun des milliers d'ados chrétiens :

Will you become a priest of the Lord ?

Les mots font trembler le mur d'enceintes acoustiques, dressé autour de la cathédrale comme une sono de festival pop. Puis le chœur reprend sa litanie new-age. Le refrain tourne inlassablement sur une musique planante :

Esprit saint, esprit du Père,
fais-nous entrer dans l'amour...

David s'assoit sur un muret pour mieux observer les pèlerins. Dispersés aux points stratégiques, les membres du service d'ordre portent des tee-shirts couleur vert pomme ; ces jeunes chrétiens des deux sexes évoluent par petits groupes pour intervenir en cas de malaise, en liaison avec les cars de la Croix-Rouge. Ils accomplissent leur devoir de secourisme en chantant, canalisent les mouvements pour que cette foule entre dans l'amour en bon ordre. Mais ils n'ont guère besoin de se fâcher, tant l'assemblée semble animée par un même désir de prière et de paix. Au dos des tee-shirts de la sécurité figure en grandes lettres le mot :

Volontaire

Et plus bas, en petites lettres :

Avec le soutien
des hypermarchés Auchan

Un prêtre avance sur scène. Cinquante projecteurs captent son corps couvert d'un scapulaire blanc. Il agite les bras pour scander le refrain, telle une hôtesse de l'air indiquant les manœuvres religieuses de sécurité. Au fond de l'estrade, sous les sculptures médiévales du portail, les évêques coiffés de mitres évoquent plutôt un tribunal d'inquisiteurs. La foule reprend avec la ferveur d'un festival hippie gavé de joints et d'acides :

Fais-nous entrer dans l'amour...

David arrive de l'autre côté du parvis. Installé sous un arbre, un groupe de garçons à moto prie avec les autres. Un grand jeune homme blond tire des taffes de cigarettes en chantonnant. Sa croix de bois tombe sur le tee-shirt blanc où est inscrit un slogan en faveur des préservatifs. Près de lui, un brun à cheveux longs porte un col d'ecclésiastique sous son blouson de moto. On dirait un séminariste. Appuyé contre sa Yamaha, il se penche vers un troisième type, plus jeune, et chuchote quelques mots en tenant tendrement sa main.

La foule chante toujours. Battant la mesure, le prêtre se déhanche comme un gogo boy très lent. Le public ondule de droite à gauche puis de gauche à droite. Quelques skinheads calmes chantent avec les autres. Le silence retombe et l'on entend à nouveau la voix de vieille entraîneuse, lisant quelques pages sur la vocation :

Dans le cœur de l'église, je serai l'amour...

Le regard du grand blond à la cigarette se tourne en souriant vers ses copains :

— C'est de sainte Thérèse.

La foule reprend son refrain, balayée par des

vagues souples de projecteurs. Puis, sur un signe du prêtre, tous les jeunes se lèvent d'un seul mouvement pour reprendre le refrain, deux fois plus fort. Une mère berce son gamin de quatre ans affalé dans ses bras. Une baba cool à bandeau dans les cheveux chante, l'air exalté, en brandissant une boîte de Coca-Cola. Les éclairages balancent des effets de couleurs sur Notre-Dame, rose, verte et bleue. La mélopée devient plus intense. Enthousiasmé par cette ferveur, un évêque parle de la Vierge Marie avant d'annoncer :

— La croix de l'année Sainte va maintenant se rendre au centre de congrès internationaux, quai Branly.

Le signal du départ est donné. Quittant la scène par un escalier, une douzaine de jeunes prêtres entrent dans la foule en brandissant une énorme croix de bois. Ils rayonnent. Le monde n'existe plus. Paris n'existe plus. Curés, laïcs, jeunes, les voilà chez eux, au pays de l'amour, au pays de sainte Thérèse, de la musique planante et des grands magasins Auchan. Pendant que le cortège s'ébranle, un prêtre retourne au micro pour préciser, d'une voix sacerdotale un peu pincée :

— Ceux qui ne participent pas à la procession sont invités à regagner le métro pour rentrer chez eux. Le RER et le métro s'arrêtent à une heure du matin.

Les faisceaux lumineux suivent la croix qui remue, ondulent sur les corps en mouvement, tandis que s'élève un dernier refrain lancé par les ecclésiastiques :

Magnificat, magnificat !

Des Français en short chantent « Magnificat ». Des religieuses mexicaines ramassent leurs chaises pliantes en chantant « Magnificat ». Un étudiant frêle du service d'ordre essaie de faire la circulation en chantant « Magnificat », mais personne ne suit ses instructions. Le prêtre organisateur revient vers le micro pour préciser, très administratif :

— Un rectificatif : le RER s'arrête à MINUIT, le métro à UNE HEURE. Si certains d'entre vous sont perdus, ils peuvent se retrouver au bas de la statue de Charlemagne.

Où David entre dans l'amour

David décida de se laisser porter. La foule s'engageait sur le pont vers la rive gauche. Appuyé contre sa moto, le séminariste en blouson de cuir tenait toujours la main de son petit ami. Mais le grand blond suivait les pèlerins, marchant près de David au milieu d'un groupe de religieuses philippines hilares. Il dressait ses joues imberbes en chantant « Magnificat » et regarda l'Américain avec un sourire. Comme David lui renvoyait la politesse, le blond saisit sa main pour l'entraîner au cœur de la ronde. Heureux, il chantait les versets à tue-tête, puis il serra plus fort les doigts de son camarade et le considéra avec une amitié pleine d'énergie, en déclarant :

— La vie est belle, Jésus veille sur nous.

Ils marchaient avec les autres, derrière la croix de l'année sainte, en direction du palais des Congrès. Assez pudibond dans les contacts physiques, David n'éprouvait aucune gêne à tenir la main de l'autre. Il avançait, léger, auprès de ce compagnon surgi spontanément, tel un jeune chrétien des années cinquante, avec sa croix et ses cheveux courts. Ils se serraient au milieu des scouts et de la foule catholique, emportés par la houle qui dévalait à présent le boulevard Saint-Germain. David ne connaissait pas ces refrains liturgiques mais il croyait à la beauté des rites séculaires. Comme le Français chantait toujours en le regardant de façon pressante, il entonna d'une voix un peu fausse :

— Magnificat, Magnificat.

Il s'interrompit aussitôt, craignant le ridicule. Mais l'autre le serrait plus fort :

— Vas-y, n'aie pas peur !

Ils se tenaient fraternellement, sous le regard protecteur d'un moine chinois portant des lunettes à triple foyer. Tout en avançant vers le centre de congrès, ils se présentèrent :

— Je m'appelle Arnaud. J'ai vingt ans et j'ai choisi de servir le Seigneur. Je vais entrer au séminaire. Et toi ?

— Je suis américain, en voyage à Paris pour quelques mois. En fait, c'est plutôt l'art français qui m'intéresse.

— Tu sais, l'Église commande beaucoup d'œuvres à des peintres, à des sculpteurs. L'art, c'est une autre façon de s'élever vers Dieu.

Tandis qu'Arnaud prononçait ces mots, ses jarrets poilus, dépassant du short beige, piétinaient le trottoir derrière la croix de l'année sainte. La foule s'éclaircissait au fil des stations de métro, mais plusieurs centaines de pèlerins et de religieux continuaient le chemin pour rejoindre leur cantonnement : des tentes aménagées par la ville sur le chantier d'un futur centre de congrès, à l'occasion des Journées chrétiennes de la jeunesse. Se mêlant au groupe, quelques zonards venaient taper des clopes ; les chrétiens fumeurs offraient leurs paquets avec complaisance. Arnaud questionnait David :

— Tu as une petite amie ?

— Non, non...

— Tu as peut-être un petit ami ?

— Non plus...

— Tu sais, ça ne me dérange pas. Malgré les déclarations du pape, l'Église de France évolue beaucoup sur cette question.

Dans les rues d'East Village, David avait croisé toutes les sortes de gays répertoriés sans vraiment s'y intéresser. Mais Arnaud le séduisait par quelque chose d'exotique : un mélange de vieille éducation et de ferveur moderne. Jusqu'à une heure avancée, il s'assit en tailleur avec les autres sous la grande tente où reposait la croix. Il écouta l'assemblée prier, sans comprendre. Tandis qu'un prêtre lançait des sujets de réflexion, Arnaud enlaçait les épaules de l'Américain et appuyait sa tête pour méditer avec lui. De grosses filles se retournaient et les dévisageaient avec envie. Après l'office, le blond manifesta cependant une sorte de gêne. Les chrétiens allaient se coucher dans leurs duvets et il s'excusa :

— Je dois rentrer à la maison Sainte-Bernadette où j'habite avec les futurs séminaristes.

Une chaleur teintait son visage. Coupant court à deux heures de tendresse, il tendit à David un bras raide en prononçant :

— Salut.

L'Américain serra sa main, un peu triste que la rencontre finisse déjà. Il s'éloignait de la salle de prière, quand il entendit :

— David !

Arnaud revenait, dans un élan pour expliquer :

— Tu sais, ce sont les vacances ! Il fait trop chaud à Paris. Si tu veux, je pars la semaine prochaine dans une abbaye. Viens faire un tour. Ça ne coûte rien. Tu verras des villages où rien n'a changé depuis des siècles.

David nota son numéro de téléphone.

L'esprit d'entreprise

La semaine suivante, il descendait d'autocar sur une route départementale du Val de Loire. Arrivé quelques jours plus tôt, Arnaud lui avait donné les indications nécessaires : marcher en direction du village pendant un kilomètre environ, jusqu'aux portes du monastère.

Traînant sa valise à roulettes, David portait un blue-jean, une chemise à carreaux et son chapeau de paille. Il avançait sur le chemin, entre le talus plein de mûres et les prairies desséchées. Quelques mouches bourdonnaient contre son visage. Au milieu des prés s'élevait un mur de vieilles pierres et le voyageur se demanda s'il arrivait, enfin, au cœur d'un pays épargné par Microsoft. Le même paysage aurait pu figurer dans un tableau de la Renaissance. Voyant émerger en pleine nature les ruines d'une église gothique — dont les arches moussues laissaient deviner le transept et les bas-côtés —, l'Américain éprouva un sentiment de bien-être.

Une rivière s'écoulait au creux de la vallée. David traversa le pont, regarda l'eau claire entre les algues vertes. Le mur de pierres se déployait à présent sur une grande distance et David comprit qu'il délimitait la clôture du monastère, enserrant les jardins et les bâtiments. Grimpant sur le talus, il découvrit l'abbaye dans son ensemble, dominée par un bois. Au centre, l'édifice principal ressemblait à un château, avec ses ailes recouvertes d'ardoise. Plus loin, on apercevait les étables et les granges. Reprenant son chemin, David eut la mauvaise surprise d'arriver sur un parking. Mais les touristes intimidés fermaient leurs portières délicatement ; ils parlaient à mi-voix en franchissant le porche, pour accéder à la partie du monastère ouverte au public.

David entra dans le premier bâtiment, un magasin de souvenirs où flottait une odeur de cire et d'encens. Sur les présentoirs, une multitude d'articles religieux s'offraient aux consommateurs : vies de saints, chapelets, icônes, images pieuses et autres livres de prières destinés à satisfaire la demande du marché spirituel et les besoins du monastère en liquidités. Trois bigotes enthousiastes choisissaient des bibelots coûteux et tendaient des billets de cinq cents francs. Les touristes ordinaires se contentaient de cartes postales. À la caisse, un moine en robe noire encaissait avec une froideur professionnelle, tandis que deux moinillons de trente ans renseignaient la clientèle, faisaient les paquets, réassortissaient les rayons. Comme David restait immobile avec sa valise, l'un des novices se précipita avec une disponibilité de vendeur de prêt-à-porter :

— Je peux vous renseigner ?

L'Américain expliqua qu'il rejoignait, pour quelques jours, un ami séminariste. Le novice rougit :

— Ah ! tu es un copain d'Arnaud ? Bienvenue à l'abbaye. J'appelle tout de suite le père hôtelier.

Cinq minutes plus tard, un petit moine tonsuré d'une cinquantaine d'années, vif comme un souriceau, entrait dans la pièce et trottait vers David. Il dressa son nez pointu et se présenta :

— Père Musard. Heureux de vous accueillir. Venez avec moi.

Puis il fila dans l'autre sens, suivi par David. Au fond de la boutique, une porte en chêne s'ouvrait sur un jardin soigneusement entretenu. Les allées de gravier convergeaient vers un jet d'eau. De part et d'autre se dressaient les bâtiments.

David apprécia d'entrer dans ce monde clos, préservé des intrusions touristiques. Quelques moines grimpaient vers le bois, deux par deux ; d'autres traversaient rapidement la cour, comme appelés par des tâches urgentes. Ni voiture, ni musique, ni bruit de fond ; rien sauf le tintement régulier de la fontaine. Le vieux fil de l'histoire se prolongeait ici, indifférent aux bouleversements politiques et sociaux. L'idée que tout se passait exactement comme au Moyen Âge enchantait le nouveau venu, lorsque retentit une sonnerie de téléphone portable. Le père Musard plongea précipitamment la main dans la poche de sa robe et sortit son mobile pour annoncer :

— Père Musard, j'écoute… Bonjour père Tronchard, que puis-je faire pour vous ?

Il régla en quelques mots une affaire d'intendance, puis rangea le combiné dans sa poche en s'excusant :

— Nous courons tout le temps, nous sommes débordés. C'est un moyen pratique pour nous joindre d'un bout à l'autre de l'abbaye…

Levant sa tête de fouine, il précisa :

— Autrefois, nous utilisions les cloches. Au nombre de sonneries, chaque moine savait quand on l'appelait au parloir. C'était un système un peu ringard !

Le père Musard entraîna son pensionnaire vers l'hôtellerie. Ils grimpèrent un escalier de pierres sculptées jusqu'au troisième étage. Découvrant sa cellule, l'Américain fut enchanté par le lit en bois, la fenêtre donnant sur le parc, la table de travail, le lavabo et la cuvette. L'hôtelier paraissait un peu gêné :

— Dites-moi, David… Vous êtes baptisé ?

Il avoua que non. Le moine parut enchanté :

— Il n'est jamais trop tard. Je vais vous prêter quelques livres.

David aurait aimé fouiller parmi les antiques manuels de la bibliothèque, mais le père Musard avait son idée :

— Le père bibliothécaire vient d'acquérir, pour les jeunes, une excellente collection, très vivante : je vais vous prêter *La croix et le poignard*, une histoire de dealer qui rencontre le Seigneur. Sympa, non ?

N'osant le contredire, David hocha la tête. Le père Musard fila chercher la précieuse documentation, tout en indiquant la chambre d'Arnaud :

— Votre ami est au numéro douze.

Et il s'effaça.

Dès que le moine fut sorti, David alla frapper à la porte douze. Une voix chrétiennement courtoise répondit :

— Entrez !

Il tourna la poignée. Arnaud se tenait à son bureau, torse nu, crayon à la main, penché sur une pile de livres théologiques. Apercevant David, son visage s'éclaira. Il se leva, s'approcha puis le serra dans ses bras comme un amoureux. Troublé par cette intimité, l'Américain finit par s'asseoir sur le coin du lit. Il raconta son voyage, avoua son étonnement devant le téléphone portable et les lectures du père

Musard. Arnaud éclata de rire. Effectivement, le père hôtelier rêvait de sympathiser avec les « jeunes » en se mettant au goût du jour :

— On rencontre des personnalités incroyables dans une communauté religieuse !

Au même moment, le moine passait la tête par l'entrebâillement et entrait, chargé de lectures pour David. Puis il s'esquiva avec un rire nerveux.

Dix minutes plus tard, Arnaud entraînait son camarade à la découverte de l'abbaye. David apprécia les beautés anciennes : l'austère réfectoire roman avec ses voûtes en berceau, le cloître ombragé, le cimetière sous les arbres, le belvédère d'où l'on apercevait la Loire. Dans le bois, les chemins semblaient creusés par des générations de moines. Mais l'Américain éprouva une vraie déception en constatant que les étables et les poulaillers étaient vides. Occupé à tailler les rosiers, un vieux frère jardinier expliqua que, depuis dix ans, l'abbaye avait abandonné la culture et l'élevage pour s'approvisionner dans un hypermarché voisin. Il soupira :

— Il paraît que c'est plus rentable, au niveau de la gestion.

David n'admettait pas qu'un monastère s'organise hors du principe d'autarcie — grâce auquel il traversait les siècles, résistant aux guerres et aux famines. Le frère jardinier haussa les épaules, mais l'Américain insistait :

— Ça ne vous coûterait rien de produire vous-mêmes, puisque vous n'êtes pas payés !

— Expliquez-le à la direction ! Le problème, c'est qu'en travaillant aux champs les moines ne travaillent pas aux ateliers. Et les ateliers rapportent davantage.

David n'avait pas songé à l'artisanat. Il imagina les alambics où les pères fabriquaient des élixirs aux plantes. Était-il possible de visiter ? Le moine hocha la tête négativement puis se tourna vers ses buissons. Reprenant la promenade, Arnaud tenta d'expliquer à David :

— Il n'ose pas te le dire, mais l'abbaye développe, depuis dix ans, plusieurs ateliers de pointe : assemblage de PC… Ils sont très minutieux, d'où une excellente plus-value. Une abbaye moderne fonctionne comme une véritable entreprise.

Une cloche, au loin, annonçait le début du prochain office. Arnaud entraîna David vers l'entrée de l'église.

Il vaut mieux arrêter maintenant

Ils bavardèrent longuement pendant ces trois jours. Arpentant les jardins, se retrouvant dans la chambre de l'un ou de l'autre, David et Arnaud échangeaient des idées sur la vie monastique — défendue par l'un du point de vue religieux, par l'autre du point de vue esthétique. Complices, ils observaient les comportements des ecclésiastiques, toujours agités, du jardin à l'atelier et de la comptabilité à l'église. David avait une préférence pour certains vieillards ventrus qui semblaient vivre pour manger comme des moines de Rabelais. Les jeunes trahissaient trop visiblement leur névrose mystique. À l'office, ils perdaient la tête dans les vapeurs d'encens ; puis ils se retrouvaient à la « récréation » et riaient entre eux comme des demoiselles. Entraîné par David, Arnaud riait de bon cœur, sans montrer un excessif respect de la chose religieuse :

— Tu sais, dans l'Église, on aime bien aussi déconner !

Peut-être cet apparent détachement n'était-il qu'une façon de séduire David. Car dès qu'il arrivait sur les bancs de l'abbatiale où les moines psalmodiaient, le futur séminariste recouvrait son ardeur pour plonger ses doigts dans l'eau bénite, les tendre à son voisin, s'agenouiller, joindre les mains en dressant le visage vers la croix, fermer les yeux en demandant pardon.

Arnaud était né dans une famille de bourgeois fauchés qui, après Mai 68, avaient opté pour l'engagement ouvrier. Chrétiens de gauche, ses parents luttaient à l'avant-garde de l'Église. Dans leur paroisse de banlieue, ils avaient lancé les messes rock et les mouvements pro-immigrés — ce qui avait produit chez leur dernier fils une réaction imprévue. Très attaché à ses grands-parents, il aimait depuis l'enfance la liturgie traditionnelle. À regret, ses géniteurs l'avaient vu renoncer à l'idéal progressiste, sous l'influence d'un aumônier réactionnaire. Dans les conversations, il mettait une paradoxale énergie à défendre la famille, le mariage et même les positions de l'Église contre l'avortement. Ses frères et sœurs n'y voyaient qu'une provocation, mais l'annonce de son entrée au séminaire était tombée comme un coup de grâce. Accablés, ils avaient fini par considérer que la tolérance chrétienne pouvait bien supporter un futur curé.

David ne partageait pas ces idées conservatrices, mais il comprenait la nostalgie d'un monde disparu. Il trouvait seulement assez étrange la façon dont s'emmêlaient, chez son ami, le dogme religieux et l'aspiration homosexuelle.

Depuis leur première rencontre, David et Arnaud éprouvaient une attirance mutuelle, limitée à des gestes équivoques. Le troisième soir, ils regagnaient leurs cellules après l'office des complies, à l'heure où les moines n'ont plus le droit de parler. Marchant sur les graviers du parc, ils écoutaient les cloches sonner avant la nuit. Soudain, Arnaud saisit la main de David ; il avala sa salive et demanda, dans un mélange de gêne et d'exaltation :

— David, il faut que je sache… T'es gay ?

L'Américain, qui détestait ce mot, fit un effort pour répondre :

— Gay ? Oh non certainement pas… Mais je suppose que je dois être un peu pédé de temps en temps.

Figé au milieu de l'allée, Arnaud s'exclama :

— Ne te défends pas, David, c'est merveilleux d'être gay ! Cette liberté de former un couple avec un autre homme. Moi, j'ai longtemps hésité, je t'assure. Pour moi, c'était vivre avec un ami ou me donner à Dieu.

L'Américain n'avait aucune envie de « former un couple » avec qui que ce soit. Mais quelques secondes plus tard, au milieu de l'escalier, Arnaud fondit sur sa bouche et David y trouva un certain plaisir. Puis comme ils arrivaient devant leurs chambres, Arnaud se renfrogna. Glacial, il s'éloigna en affirmant :

— Il vaut mieux arrêter maintenant. Bonne nuit.

Freiné dans son excitation, David ouvrit sa porte en considérant que le christianisme était décidément compliqué. Il se lava les dents, se coucha, lut quelques pages d'un traité historique que le père Musard avait fini par lui prêter — quoique étonné par l'intérêt d'un *jeune* pour l'archéologie. À peine éteignait-il la lumière que la porte grinçait. La grande silhouette d'Arnaud apparut dans le clair de lune, vêtue d'un slip kangourou. Le séminariste vint se glisser entre ses draps et prononça :

— Pardonne-moi, David, je t'aime.

Il l'enlaça fiévreusement et commença à pousser des soupirs. Malgré les grincements du lit, David passa un moment agréable. L'acte sexuel consommé, il se réjouissait de bien dormir. Mais presque aussitôt, Arnaud bondit hors du lit en criant :

— C'est absurde, ce que nous venons de faire !

Cherchant un secours, il finit par tomber à genoux devant le crucifix accroché au mur. Il commença à bredouiller une série de Notre Père et de Je vous salue Marie. Puis il sortit, sans dire un mot.

La sexualité n'avait jamais occupé une très grande place dans la vie de l'Américain, quoiqu'il se sentît plutôt attiré par les garçons de son âge, dans une sorte de contemplation narcissique. Arnaud lui plaisait bien ; mais déjà leur rencontre butait sur un mécanisme où le désir et la culpabilité semblaient destinés à s'annihiler mutuellement. Le lendemain matin, ils prirent le petit déjeuner au réfectoire, sans un mot. À la messe, Arnaud priait avec une ferveur décuplée. Après la communion, il se tourna vers David en rayonnant, comme pour signifier que le Seigneur les protégeait dans ce calvaire.

Le déjeuner se déroulait habituellement en silence, sous les voûtes du réfectoire. Assis tout autour de la salle, les moines encadraient les hôtes installés au milieu à une grande table. Juché à la tribune, un prêtre chantait des lectures sur un ton monocorde. Une épître de saint Paul accompagnait l'entrée. Les mémoires de Churchill agrémentaient le plat de résistance, et les moines attendaient ce feuilleton comme d'autres guettent le téléfilm de l'après-midi. David écoutait attentivement, légèrement agacé par les regards insistants des moinillons à la table d'en face. Ils le contemplaient en rougissant, puis pouffaient de rire dans leur assiette avec des manières pleines de grivoiserie et de péché.

Plusieurs fois, dans la nuit, il eut l'impression d'observer des passages feutrés d'ombres au milieu du jardin. Serré contre lui dans le petit lit grinçant, Arnaud expliquait :

— Évidemment, ce sont des mecs, ils bandent comme les autres !

Mais sitôt qu'il jouissait lui-même, il retombait à genoux aux pieds de la croix et demandait pardon. David, exaspéré, tentait de réagir :

— Arnaud, si tu as honte, il vaut mieux que je rentre à Paris.

Plus tourmenté encore, Arnaud demandait un double pardon à David et à Dieu, tandis que l'Américain essayait de s'endormir.

Le quatrième jour, vers huit heures du matin, Arnaud entra comme un fou dans la chambre en s'exclamant :

— David, j'ai réfléchi toute la nuit. Tu as raison : il faut dépasser cette honte ! Je veux vivre avec toi J'abandonne le séminaire. Le Seigneur nous protégera : on ira se faire bénir en Hollande.

Au fond du lit, l'Américain entrouvrait l'œil et regardait son camarade, ahuri. Dans l'esprit d'Arnaud, les pulsions homosexuelles et la religion semblaient décidément indissociables. Toute sa vie semblait vouée à ce but : une intégration harmonieuse des gays dans l'Église. Bâillant sur l'oreiller, David se sentait peu concerné. Le séminariste regrettait cette incompréhension, mais il était fou de son rêveur aux cheveux bouclés :

— Prépare tes bagages, on s'en va.

Dans un effort, l'Américain tenta d'expliquer qu'il n'avait aucun désir de bénédiction nuptiale, que l'aventure commencée devant Notre-Dame se terminerait un de ces jours, dans la plus grande douceur possible. Puis il se rappela qu'il était venu dans ce couvent à l'invitation d'Arnaud. Si Arnaud s'en allait, il fallait donc partir avec lui.

Deux heures plus tard, sous le porche du monastère, les moinillons de la boutique agitaient leurs mains mélancoliques et les invitaient à revenir bientôt. Arnaud et David reprirent le chemin départemental, le premier en short et tee-shirt « Préservez-vous » ; le second traînant sa valise à roulettes. Ils grimpèrent dans le car où Arnaud continuait de chuchoter des mots exaltés :

— M'unir avec un garçon, c'est un besoin si fort ! Dans tes bras, je me rapproche de Dieu.

— Mais Arnaud, je suis en voyage. Tôt ou tard, je m'en irai.

— Non, je te suivrai partout. Nous serons femme et mari, ou mari et femme…

Arnaud éclata de rire. David blêmit. À la ville voisine, ils prirent le train pour Paris. Tandis que l'Américain contemplait les collines, le Français sortit de son sac un livre intitulé : *La nouvelle fierté chrétienne.* Il étudiait les pages avec attention ; son front se plissait au fil des réflexions. De sa main gauche, il avait saisi celle de David qu'il caressait doucement.

À Paris, l'idylle vira à la catastrophe. Dès leur arrivée, Arnaud abandonna sa chambre de futur séminariste et débarqua chez David à l'hôtel Bonaparte, traînant plusieurs sacs pleins de vêtements et d'objets. Se voulant rassurant, il précisa :

— Je vais te squatter quelques jours, et puis on cherchera un studio rien que pour nous.

Dans la salle de bains, il accrocha un portrait de

saint Sébastien dénudé. Dans un recoin de la chambre, il posa un crucifix et disposa une bible sur un coussin de velours, en prévenant :

— C'est mon petit oratoire perso. J'ai besoin de prier plusieurs fois par jour.

Ces préparatifs achevés, il se précipita sur David, le renversa sur le lit et le dévora de baisers.

Excité par les jeux physiques, David se laissait faire. Mais l'ambiance des jours suivants devint plus pesante. Le matin, Arnaud se rendait à la messe, dans une chapelle du XVIe arrondissement. Il parlait à Dieu, persuadé que son amour des garçons rejoignait l'amour du Christ. Il expliquait ensuite à son confesseur pourquoi il s'éloignait du séminaire. Après déjeuner, il retrouvait un groupe d'étudiants qui préparaient un manifeste intitulé « France chrétienne », destiné à réhabiliter certaines valeurs mises à mal par l'idéologie dominante. Favorables au renouveau de la famille, des jeunes filles à pull marin débattaient longuement avec Arnaud qui tenait à inclure un paragraphe sur les gays chrétiens.

Vers dix-huit heures, ayant accompli ses tâches sociales, il repassait à l'hôtel et se préparait pour l'happy hour d'un bar du Marais. Après une douche, il enfilait son blue-jean déchiré et un débardeur sur lequel flottait toujours sa croix de bois. Rentrant du cinéma, David retrouvait avec plaisir son grand blond aux joues roses. Mais Arnaud l'enlaçait au milieu des rues ; l'Américain supportait mal cet exhibitionnisme et leurs sorties finissaient en disputes. Surtout lorsque l'ex-séminariste, pour terminer la soirée, entraînait son copain dans les backrooms où il éprouvait une excitation spéciale. Arnaud adorait voir les hommes baiser dans le noir : ce mélange de honte et de transgression dans les caves le rapprochait, disait-il, de l'infini.

David, qui trouvait ces établissements sordides, buvait un verre au bar tandis qu'Arnaud s'enfonçait dans l'escalier. Le voyageur se demandait s'il avait traversé l'Atlantique pour découvrir cette misère ordinaire. Il étudiait la façon dont les baiseurs se sélectionnaient d'un regard ou se rejetaient avec dégoût. Il n'aurait peut-être pas détesté un vrai libertinage, plein de champagne et de bonne humeur, comme dans certains romans du XVIIIe siècle. Mais ici, les aspirants débauchés ressortaient des caves plus frustrés encore. Seul Arnaud, remontant l'escalier, semblait illuminé :

— Il y a une forme d'eucharistie dans le cul ! C'est un sacrifice qui nous rapproche de Dieu !

Le lendemain matin, il retournait à confesse. La folie du bien et du mal, du péché et du pardon perturbait ses raisonnements, fatiguant David qui n'avait que faire de ces contradictions angoissées.

Un soir, comme David se trouvait seul à l'hôtel, plongé dans un roman de J.-K. Huysmans, Arnaud fit une irruption théâtrale :

— Mon chéri, c'est incroyable ! Viens avec moi tout de suite. Je crois que j'ai retrouvé ton père !

L'Américain se pétrifia. Trois jours plus tôt, il avait raconté son histoire : ce Français de passage à New York qui avait couché avec sa mère, puis disparu. Habitué au mystère depuis l'enfance, David supposait qu'il ne connaîtrait jamais ce père. Mais ses amis semblaient tous désireux de le retrouver à sa place. Après Ophélie, Arnaud se mettait de la partie. Sa révélation exerça tout de même un choc :

— Qu'est-ce que tu racontes ?

— J'en suis sûr, mon chéri, c'est incroyable, c'est merveilleux. Et en plus, c'est un des nôtres !

— Comment ça, un des nôtres ?

Ni une ni deux, Arnaud dévalait l'escalier, suivi par David abasourdi. Sans dire un mot, il le traîna dans le métro jusqu'à Réaumur-Sébastopol. Sur le trottoir, l'Américain angoissé recommença à poser des questions. Droit et rayonnant, Arnaud s'enfonçait dans les rues du Marais sans rien dire. Ils arrivèrent à l'entrée d'un bar-cuir entouré de motos. Des hommes moustachus se serraient à l'intérieur, portant casquettes et débardeurs noirs. Ils tenaient des bouteilles de bière, fumaient des cigarettes dans une ambiance faussement virile. David et Arnaud ressemblaient à deux jeunes filles égarées, fendant l'assemblée de mâles prêts à leur mettre la main aux fesses. Ils arrivèrent dans la pénombre au fond d'une salle enfumée, sous une télévision qui diffusait un film porno. Soudain, se retournant face à David, Arnaud prit ses épaules et le regarda dans les yeux. Il déposa un petit baiser sur sa bouche puis, se tournant vers le bar, il cria :

— Lucienne !

Derrière le comptoir, David aperçut une créature occupée à servir des verres. Quadragénaire bedonnante et chauve, Lucienne portait des boucles d'oreilles. Un large sourire fit ressortir un autre anneau dans sa narine gauche. D'un pas ramolli, il ou elle s'approcha des deux jeunes gens. Regardant toujours David, Arnaud s'exclama :

— Voici ton père.

Le barman se figea un instant, avant de miauler :

— Alors, c'est toi mon choupinet ? Quelle émotion ! Viens embrasser ton papa.

David recula. Il ne pouvait croire que cette créature soit le destin du globe-trotter qui, vingt ans plus tôt, sortait avec sa mère à New York. Lucienne tenta de se justifier :

— À l'époque, je croyais que j'aimais les filles. Je ne pensais pas devenir une vraie folle.

Il eut un petit rire avant d'ajouter :

— Quelle émotion tout de même !

Ivre de bonheur, Arnaud jubilait :

— Nous sommes tous des folles, et cela est merveilleux : le père, le fils, le mari… C'est ainsi. Nous portons ces gènes parce que Dieu nous les a donnés.

Cloué sur place, David embrassa Lucienne qui tendait la joue, avant de courir à l'autre bout du bar pour répondre à l'appel d'un faux camionneur :

— J'arrive ma poule…

Revenant vers les deux amis, elle bredouilla :

— Si j'avais imaginé que j'avais fait un beau grand garçon comme ça.

Puis il demanda à David :

— Dis-moi d'abord, comment va Roselyn ?

— Quelle Roselyn ?

— Bah ! ta mère, voyons… On n'a passé qu'une ou deux nuits ensemble, mais je me rappelle son prénom.

David éprouva un soulagement. Il y avait peut-être une erreur. Reprenant sa respiration, il posa quelques questions sur le lieu, la date, le jour, les circonstances de la rencontre à New York. Cinq minutes plus tard, il avait la conviction que Lucienne n'était pas son père. S'emparant du premier indice,

Arnaud s'était excité dans une histoire de famille qui ne tenait pas debout. Alors, seulement, David les regarda dans les yeux, l'un et l'autre, puis déclara froidement :

— Vous êtes complètement dingues ! Premièrement, je me moque de savoir qui est mon père, mais ce n'est pas vous, Lucienne. Désolé. Quant à toi, Arnaud, tu commences à me gonfler avec tes histoires de père, de mère, de Dieu et de cul. Il vaut mieux que tu retournes à ton séminaire. Je laisserai tes affaires à la réception. Viens les chercher ce soir, je ne veux plus te voir.

Furieux, il se dirigea vers la sortie du bar, tandis que les deux gays, décontenancés, lançaient des cris derrière lui :

— David, mon chéri !

— Mon choupinet, tu abandonnes déjà ton papa ?

David marcha dans les rues du Marais, exaspéré par ces clichés qui parlent toujours de la même chose : pédés déguisés en militaires, curés déguisés en folles, caves obscures destinées à la frustration sexuelle, histoires de religion, de famille, de pipi, de pardon : une accumulation de frénésie et de honte, étalée sur la vie ; une guerre continuelle faite aux plaisirs qu'on peut avoir si facilement avec des hommes, avec des femmes, avec des jeunes ou des vieillards, pourvu qu'on échappe à ce cauchemar de mort et de rédemption !

Mi-rageant, mi-sanglotant, il finit par s'asseoir à une terrasse de café, songeant au destin d'Arnaud qui deviendrait curé et pourrait ainsi, toute sa vie, contempler de jeunes scouts en se flagellant pour les mauvaises pensées qu'il assouvirait de temps à autre, déguisé en nazi dans des backrooms. Ainsi soit-il ! David préférait ses propres rêveries. À cet instant, il préférait même la jeune fille moderne qui s'affairait à la table voisine, autour d'une caméra DVD. Très pâle et très blonde, elle demanda à David la permission de le filmer quelques secondes — dans le cadre d'une *installation vidéo* qu'elle préparait pour son école. Penchée sur sa machine avec une fraîcheur de jeune robot, elle procéda à des réglages et enregistra quelques images. Puis elle reposa son appareil et la conversation s'engagea.

Elle s'appelait Cerise. L'origine américaine de David exerça une impression mitigée. Presque aussitôt, l'étudiante demanda s'il n'était pas consterné par le niveau culturel des Américains. Du moins semblait-elle vivre dans son époque, loin des vieux conflits eucharistiques et libidineux. Au lycée, un prof de lettres l'avait incitée à trouver sa voie poétique. Elle entrait en seconde année aux Arts visuels.

Les piétons se succédaient devant le café, entrant et sortant des nocturnes du BHV. Certains cherchaient un restaurant, un bar gay ou un bar bi. Soudain, David aperçut, errant sur le trottoir, ce journaliste qui l'avait invité fin juin à la campagne. Il marchait, tête baissée. Quand l'Américain cria son nom, l'homme tourna la tête et parut effrayé. Puis, répondant au sourire de David, il finit par s'approcher, accepta de s'asseoir et commanda un demi.

9

Histoire de Cerise

Première vision de Cerise à une terrasse de café : j'observe que cette étudiante pâle et blonde porte mal son prénom, mais je ne prête guère attention à son visage, masqué par une caméra numérique dont l'objectif semble braqué sur moi. Assis près d'elle, David semble content de me retrouver. Il m'a fait signe tandis que je passais dans la rue, enfermé dans mes idées noires. Cette rencontre humaine m'est plutôt désagréable car je n'ai aucune envie, ce jour-là, d'accomplir un effort de conversation. Dans l'état morose où je flotte, accablé par la chaleur du mois d'août et les drames de l'existence, cette main amicale m'apparaît plutôt comme une ennemie : non pas un trouble-fête mais un trouble-dépression.

Malheureusement, mon organisation mentale veut qu'une politesse instinctive maquille toujours mes mauvais penchants. Quand je regarde l'existence avec dégoût et l'humanité avec mépris, un bon sourire se plaque sur mes lèvres, un comportement social positif prend le contrôle de mes gestes et me porte vers l'autre avec un plaisir apparent dans le rôle du type charmant, heureux de rencontrer son prochain. Au moment où je voudrais répondre à David : « S'il te plaît, lâche-moi ! », la force positive peint sur mon visage une expression ravie. Il me croit vraiment heureux de le rencontrer, ignorant que seule une courtoisie tyrannique m'oblige à lui serrer la main.

Je ne résiste pas davantage quand il me propose de m'asseoir avec son amie qui filme toujours, telle une maniaque de la vidéo. Je cherche d'abord à gâcher la conversation en énumérant mes soucis les plus ordinaires — sachant que nos soucis n'intéressent personne. J'évoque longuement cet article polémique sur la réglementation du stationnement refusé par mon rédacteur en chef avant les congés, sous prétexte qu'il connaît la belle-sœur du préfet de police. La vidéaste n'a pas levé l'œil de sa caméra. Mais tandis qu'elle suit l'image reproduite sur un écran à cristaux liquides, je l'entends simplement prononcer :

— Vachement intéressant. Ça ne vous dérange pas que je filme ? C'est dans le cadre d'un travail pour une *installation vidéo*.

Un instant, je me demande si elle se moque de

moi, mais l'objectif se redresse, tel un museau d'animal familier, et je comprends qu'elle est sérieuse ; ce qui m'encourage à faire plus mauvaise impression encore. Me retournant vers David, je prononce d'une voix fâchée :

— En plus, ma meilleure amie est morte d'un accident de voiture, quelques jours avant qu'on refuse mon article ! Tout les ennuis la même semaine.

Il doit regretter de m'avoir invité à sa table. Mais je ne suis pas décidé à m'arrêter :

— Tu te souviens de Solange, chez qui tu es venu en week-end ? Eh bien, juste après t'avoir reconduit à la gare, elle s'est tuée à un carrefour.

L'Américain écarquille les yeux. Pour qu'il comprenne bien, j'insiste :

— Quand elle est morte, j'ai pensé que tu lui portais malchance. Mais ce n'était que le hasard.

Une buée d'émotion mouille les yeux de David. Je regrette d'être méchant, mais la fille tient toujours sa caméra, m'obligeant à jouer mon rôle de sale type. Soudain, Cerise relève la tête et me fixe dans les yeux en répétant :

— C'est bien, ce que vous dites, cette vision superglauque !

Alors, seulement, je regarde avec plus d'attention son visage à la peau laiteuse, son petit nez rond et sa longue chevelure, comme un héroïne de conte allemand. Ses vêtements larges sortent d'une garderobe des années soixante : chemise psychédélique, pantalon à pattes d'éléphant. Je me perds un instant dans ses yeux très clairs. Tandis qu'elle range sa caméra vidéo, je me retourne vers David avec un remords dans la voix:

— Excuse-moi, mais cette mort était si terrible, inattendue…

Soudain, je m'avise que la chaleur du jour est en train de tomber, que le journal est fermé jusqu'à la fin août, qu'au lieu de râler tout seul je pourrais boire quelques bières en leur compagnie.

La soirée se termine chez moi, dans l'appartement aux baies vitrées grandes ouvertes où passe un vent chaud d'été. Nous écoutons une bossa-nova. Cerise fait tourner une cigarette d'herbe. Elle discute avec David, affalé dans un fauteuil, qui veut la persuader que tout était mieux avant. Il voit les années 1900 comme un foisonnement d'imagination. L'étudiante en arts visuels réplique qu'à cette époque on déplorait déjà la décadence, que les artistes novateurs étaient ignorés, qu'on exploitait les enfants dans les mines. Puis elle ajoute qu'elle a faim et je l'accompagne dans la cuisine. Elle me regarde en souriant préparer sa tartine. Vers deux heures du matin, David annonce qu'il rentre dormir. Cerise s'approche et murmure à mon oreille :

— Je peux rester ici, ce soir ? Il n'y a plus de métro. Ça m'arrangerait.

Bouleversé, je bredouille :

— Oui… Bien sûr… Évidemment…

Assez froidement, elle répond « Merci » puis, très à l'aise, elle embrasse l'Américain qui referme la porte de l'appartement.

*

On dirait qu'elle m'a fait une proposition. Mais objectivement, elle n'a demandé qu'un lit ; peut-être pense-t-elle au canapé du salon. Tandis que j'énumère les hypothèses, Cerise revient vers moi, un peu absente :

— Je vais me coucher. Ça ne te dérange pas si je dors près de toi ?

Survolté par ce mélange de nonchalance et d'audace, je la conduis vers la chambre à coucher et lui propose le côté droit ; puis je file dans la salle de bains, pressé d'accomplir une petite toilette. J'arrange mes cheveux, pour me présenter sous le meilleur jour à ma nouvelle maîtresse ; j'ajuste l'élastique du caleçon sur mon nombril (exactement à la bonne hauteur, afin de masquer le ventre qui commence à s'arrondir). Je prends tellement le temps de bien faire que, lorsque j'arrive au lit, Cerise est déjà allongée sous le drap, profondément endormie. Elle a gardé son tee-shirt ; un petit filet d'air s'échappe de ses lèvres pâles. Je la contemple un instant puis, dépité, je me couche à côté d'elle.

J'hésite à tenter une manœuvre d'approche. Plusieurs fois, je tends la jambe dans sa direction, mon pied frôle timidement ses mollets, j'espère une réaction mais je n'entends qu'un léger ronflement. Luttant contre l'excitation, je me tourne dans l'autre sens pour chercher le sommeil, quand deux bras s'accrochent à mon dos. L'apprentie vidéaste m'enlace de ses mains chaudes. Elle ronfle toujours. J'aimerais en profiter mais elle pourrait m'accuser de viol et le tribunal lui donnerait raison. Je préfère me détacher par une série de glissements progressifs. Vers quatre heures du matin, je m'endors épuisé. Quand je me réveille, il est neuf heures et Cerise agrippe toujours mon épaule comme un gros bébé. Pour mettre fin à l'épreuve, je décide d'aller boire un café. Mais, au moment de sortir du lit, mon invitée se serre plus tendrement. Elle insiste. Lentement, je me retourne. J'ai l'impression qu'elle dort, mais sa bouche s'approche de mes lèvres. Quelques instants plus tard, je comprends que nous sommes en train de faire l'amour.

Je n'ai jamais su vraiment si la sexualité exerce sur la santé un effet favorable. Des gens affirment que seuls les accouplements réguliers garantissent un parfait équilibre physique et intellectuel ; d'autres théories vantent les vertus de l'abstinence qui agirait comme stimulateur hormonal… Le débat n'est pas clos mais je peux affirmer que, ce matin-là, je me sens épanoui, l'esprit fouetté par un sang neuf lorsque, après une heure d'étreintes, je retombe paresseusement sur le matelas. Cerise s'éloigne sur la moquette puis elle revient, toute nue, munie de sa caméra numérique. Pendant quelques minutes, elle filme mon corps affalé sur les draps. Je lance quelques plaisanteries vers l'objectif. Elle range l'appareil en prononçant :

— Je dois partir. Si tu veux, je te laisse mon numéro de portable…

Le « si tu veux » me surprend. Ce corps de jeune fille a exercé sur moi l'effet d'un bain de jouvence et je suis impatient de recommencer. Mes sombres perspectives deviennent soudain radieuses et je serais prêt à l'épouser sur-le-champ. Or sa réplique — « si tu veux » — m'incite à garder raison, en considérant qu'*il ne s'est rien passé*. D'un point de vue moderne, nous devrions en rester là ; j'ai donc une certaine chance que Cerise me propose son numéro, aussitôt inscrit sur une feuille de papier. Les fesses à l'air, elle se dirige vers la douche, tandis que tintinnabule la sonnette de l'appartement.

Quoi encore ? Énervé par l'employé des postes qui sonne chez moi en pleine idylle, à dix heures du matin, j'enfile un peignoir et me précipite pour rabrouer l'importun. J'entrebâille la porte qui, aussitôt, s'ouvre largement et me plaque contre le mur. Dans un nuage de Gitane filtre, la voix d'Estelle prononce :

— Alors, c'était bien, Paris au mois d'août? Je t'apporte un catalogue de papier peint. Il faudrait changer ces peintures blanches qui donnent à ton appartement un air d'hôpital. Le papier fleuri, c'est plus joli dans une chambre à coucher!

Pas le temps de réagir. Estelle est installée sur le canapé du salon, en train d'étaler ses échantillons. Après notre flirt du début de l'été, elle passait les vacances à La Baule avec son fils. J'avais oublié son retour cette semaine mais ce torrent d'attention, lui, ne m'a pas oublié. Je me rappelle que cette femme est plus ou moins ma maîtresse et que, simultanément, une autre femme — plus jeune et plus jolie — se trouve enfermée dans la salle de bains. Je songe aussi qu'entre l'inconnue d'hier soir et cette femme sincèrement amoureuse de moi, je choisirai sans hésiter la plus improbable. Je préfère toutefois repousser l'affrontement. Estelle me regarde dans les yeux :

— Tu as bonne mine, ce matin!

Si seulement elle savait pourquoi. Mais non : Estelle est contente, prête à m'exposer de nouveaux projets *pour nous deux*. Je tente une esquive :

— Excuse-moi, je suis en plein boulot. Je préférerais te voir plus tard dans la journée. On parlera tranquillement.

— Tu ne trouves pas tout de même que ce papier lilas serait joli dans ta chambre ? Allons regarder.

— Je t'en prie, c'est un vrai bordel. Déjeunons ensemble si tu veux...

Mes propos sont interrompus par un bruit en provenance de la salle de bains. La porte claque puis nous entendons quelques notes chantonnées par une voix féminine. Estelle dresse la tête. Tandis que je cherche vainement une explication, Cerise entre dans le salon, vêtue seulement d'une petite culotte. Ses longs cheveux blonds dégoulinent de part et d'autre de son visage pâle ; quelques gouttes font luire sa poitrine. Étonnamment décontractée, elle regarde Estelle en prononçant :

— Salut !

Puis elle disparaît dans la cuisine.

Ce qui m'offre l'occasion de constater, une nouvelle fois, l'extraordinaire complaisance de ma maîtresse officielle. Estelle réfléchit un instant, puis elle se tourne vers moi, ravie :

— Dis donc, ça marche avec les petites jeunes !

Cet intérêt pour les « petites jeunes » semble stimuler sa propre curiosité. Presque aussitôt, elle se désintéresse de ma personne au profit de Cerise qu'elle rejoint dans la cuisine. Durant quelques minutes, je redoute le pire, les cris, les coups de couteau. En peignoir sur le canapé du salon, je m'apprête à intervenir. Soudain, j'ai la surprise d'entendre les deux voix féminines entremêlées dans des pépiements joyeux ; elles parlent, elles rient et reviennent ensemble vers moi. Elles se connaissent déjà, mieux que je ne les connaîtrai jamais. Renonçant à m'excuser, j'admire le comportement d'Estelle qui ramasse son catalogue de papier peint, m'embrasse sur les deux joues puis regagne l'ascenseur en promettant :

— On se fait un dîner tous les trois la semaine prochaine !

Soulagé, je retourne vers l'intérieur de l'appartement. Mais déjà Cerise, qui vient d'enfiler son pantalon, me quitte à son tour. Sans me laisser le temps de l'embrasser, elle dévale l'escalier de l'immeuble en criant :

— Appelle-moi, si tu veux.

*

Dès trois heures de l'après-midi, l'absence de Cerise me parut insupportable.

L'homme vieillissant se laisse gagner par des besoins affectifs, au détriment de la lucidité. Le flirt d'un soir se prend pour une rencontre définitive. Dès quatre heures de l'après-midi, je me persuadai que Cerise éprouvait un urgent besoin de me parler. Notre fusion occupait probablement son esprit comme le mien. Je n'avais pas le droit de la négliger. Au lieu d'attendre quelques jours, je composai son numéro vers seize heures quinze et tombai sur le répondeur vocal. Je ne laissai pas de message mais je rappelai à seize heures trente. Au troisième appel, Cerise décrocha enfin et je prononçai la formule plusieurs fois répétée :

— Je voulais simplement te dire combien j'étais heureux de cette rencontre. J'ai adoré cette fraîcheur du matin dans tes bras !

Un silence répondit. Je distinguai au loin quelques éclats de rire, tandis que la voix détachée de Cerise demandait :

— C'est toi qui as téléphoné deux fois ?

Deux fois, mon numéro s'était inscrit dans la mémoire de son portable espion. Je m'empêtrai dans des excuses :

— J'espère que ça ne te dérange pas... Mais je voulais te dire que j'étais vraiment content.

Cerise s'adressait à d'autres personnes autour d'elle. Comme un imbécile, je restais suspendu dans le vide. Soudain, elle revint vers moi :

— En fait, je ne peux pas te parler. Je suis au café, en train de filmer les clients. Vaudrait mieux qu'on se rappelle.

Je raccrochai lamentablement, persuadé d'avoir gâché, par impatience, l'idylle qui s'était nouée la veille. Cependant, une demi-heure plus tard, une nouvelle idée poussa dans ma tête : il fallait absolument rattraper cette maladresse. Seul un nouveau coup de téléphone, plus léger, plus détaché, parviendrait à gommer la lourdeur de l'appel précédent. J'hésitai longuement, pris dans une véritable torture mentale car, en insistant, je risquais de tout compromettre. Plein d'appréhension, je finis par composer le numéro de Cerise et tombai sur le répondeur vocal.

Je raccrochai. Avait-elle éteint volontairement l'appareil pour ne plus me parler ? Quoi qu'il en soit cette nouvelle tentative, enregistrée par le portable, serait comptabilisée comme un point négatif. Le téléphone mobile jouait avec mes nerfs... D'un autre point de vue, le répondeur offrait un terrain neutre, idéal pour déposer un message spirituel, ciselé dans ses moindres inflexions. Ayant répété mon texte, je composai de nouveau le numéro du mobile, mais Cerise décrocha et mon élan se brisa en lambeaux de phrases :

— Ah pardon ! C'est toi... Je pensais tomber sur le répondeur... C'était juste pour te dire... Enfin, je pensais qu'on aurait pu se voir ce soir...

Je battais en retraite, mais le second miracle se produisit : car Cerise ne faisait rien de particulier ce soir. On pouvait envisager de boire un verre ensemble. Elle ne repoussait pas l'idée de me retrouver et je raccrochai euphorique. Je m'apprêtai longuement pour notre rencontre, choisissant chaque vêtement, réfléchissant au lieu du rendez-vous. À vingt et une heures, je rappelai comme convenu mais je tombai de nouveau sur le répondeur, et encore plusieurs fois de suite. À vingt-trois heures, Cerise téléphona pour m'informer qu'elle s'était trompée, car elle n'était pas libre ce soir. Je poussai un gémissement. Elle se montra indifférente à mes plaintes.

Notre seconde rencontre eut lieu seulement trois jours plus tard, dans un café branché du XXe arrondissement où Cerise retrouvait habituellement ses amis, étudiants en arts visuels. Assise au milieu du groupe, elle portait un jean à moitié déchiré et un tee-shirt rose bonbon qui remontait sur son ventre charmant, laissant voir un piercing enfoncé dans le nombril. Ses cheveux lisses encadraient le visage aux lèvres blêmes. Un tatouage hindou était collé sur son front. Elle ne bougea pas mais elle semblait contente de me voir et me présenta comme un journaliste qui avait fait du cinéma. Les artistes en herbe m'adressèrent des regards indifférents. Je voyais bien pourtant que, pour plaire à Cerise, il faudrait d'abord séduire son entourage. Je citai négligemment un réalisateur branché avec lequel j'avais travaillé et les étudiants m'accordèrent davantage de sympathie. Pour les provoquer, je me lançai dans un éloge du cinéma d'action américain ; ils se dressèrent pour défendre la nouvelle vague et l'intimisme français. Ils se disaient rebelles; je les trouvais patriotes...

Derrière le jeu de la conversation, mon intérêt se concentrait sur les réactions de la jeune fille, satisfaite chaque fois que je formulais un argument convaincant. À l'issue d'une prestation honorable, je l'entraînai une heure plus tard dans un restaurant chinois de Belleville. Le grand escalier orné de broderies rouges donnait à l'établissement une allure d'opéra. Cerise écouta mes explications sur ce mélange de brasserie parisienne et de kitsch asiatique. D'abord peu intéressée, elle partagea bientôt mon enthousiasme et passa la seconde partie du repas, caméra au poing, à fixer les ambiances de l'établissement, tout en enregistrant mes commentaires. Je lui demandai si cette ardeur correspondait au travail scolaire. Elle répondit que cela relevait aussi du journal intime.

Après dîner, Cerise m'invita chez elle. Tremblant d'émotion, j'entrai dans le minuscule studio de la rue de Ménilmontant. Accrochée près de la fenêtre, une affiche en noir et blanc représentait de jeunes acteurs français, l'air de mannequins de mode déguisés en agrégés de lettres. D'autres objets formaient un décor familier d'adolescente : son lit couvert de coussins, son ours en peluche, la photo de ses parents sur une plage de l'Atlantique. Je pris

Cerise dans mes bras et m'effondrai sur le nez de Winnie l'ourson. Avec elle, ma propre vie redevenait possible, aventureuse. Mes vingt ans d'avance devenaient vingt ans de retard, car il me semblait que j'avais tout à apprendre d'elle. Ses enlacements tendres, son ardeur érotique mêlant le sérieux de l'enfance et la fantaisie de la jeune femme.

Je restai dormir chez elle. Le lendemain matin, Cerise me filma sous la douche, dans le minuscule cabinet de toilette. Il me semblait que cette vie pourrait me combler : un studio, une apprentie vidéaste, de petits boulots qui me ramèneraient progressivement vers ma vocation artistique. Pour la première fois depuis des années, j'imaginais d'aimer une femme et je supposais que Cerise éprouvait des émotions aussi intenses. Naïvement, j'annonçai :

— J'ai plusieurs rendez-vous aujourd'hui. Mais retrouvons-nous pour l'apéro. J'aime bien les bars de grands hôtels : que dirais-tu du Lutétia ?

Cerise, devant le miroir, regardait un minuscule bouton qui lui déplaisait, sur son front. Assez froidement, elle prononça :

— En fait, je ne pourrai pas te voir ces jours-ci. Mon ami d'enfance arrive de Quimper. Il faut que je m'occupe de lui.

Cette phrase commença à instiller le poison. Assez nerveux, j'insistai, comme si quelques orgasmes me donnaient une priorité :

— Puisque c'est ton ami d'enfance, on peut très bien dîner ensemble, tu me le présenteras !

Elle se raidit, comme une fillette mécontente :

— Je ne couche pas avec lui, mais c'est mon meilleur copain. Toi, je te connais depuis deux jours. Alors, je te rappellerai la semaine prochaine.

Déchiré, je m'approchai d'elle et tentai lourdement de me serrer contre ses épaules en gémissant :

— Tu ne m'aimes pas ?

Elle se dégagea, signifiant qu'elle trouvait ce geste insupportable.

*

Cerise ne téléphona pas une seule fois la semaine suivante. Je laissais mon portable allumé en permanence, redoutant qu'un instant d'inattention ne me fasse manquer l'appel tant attendu ; ce qui m'obligeait à écourter les autres communications, au cas où Cerise chercherait à me joindre simultanément. Le troisième jour, je m'abonnai au service Double appel, pour quinze francs HT par mois. Comme la jeune fille m'avait également laissé une adresse e-mail, je la couvris de courriers électroniques dans lesquels je prodiguais mes plus beaux effets littéraires, sans la moindre réponse. Refusait-elle de parler ? Oubliait-elle de consulter sa boîte aux lettres ? Que faisait-elle précisément avec son ami d'enfance ? Je m'excitais dans la souffrance amoureuse, comme l'esclave d'une maîtresse qui n'avait rien demandé.

J'aurais pu me contenter des moments passés ensemble, attendre patiemment la prochaine rencontre. En temps normal j'aurais adopté ce point de vue, mais une petite machine s'emballait dans mon cerveau depuis que Cerise était restée dormir chez moi, le premier soir. Je voyais dans cette aventure un don du ciel, un signe miraculeux, un nouveau départ, le commencement de cette seconde jeunesse qui me hantait depuis quelques mois. Après cinq jours d'attente, je finis par craquer et composai son numéro de portable. Je savais que cette insistance allait lui déplaire mais je n'en pouvais plus. L'appareil sonna plusieurs fois. Une voix de jeune homme répondit :

— Secrétariat de Cerise, bonjour.

L'ami d'enfance, probablement. Adoptant le même ton ironique, je demandai au secrétaire s'il voulait bien me passer sa patronne, de la part d'un vieil admirateur. Cerise ne goûta pas la plaisanterie :

— Tu ne devais pas m'appeler !

Je trouvai une excuse absurde : j'imaginais qu'elle avait égaré mon numéro et cherchait vainement à me joindre. Cerise fut impitoyable. Elle me ferait signe la semaine suivante *comme prévu*, puis elle raccrocha. Plusieurs fois, je fis le tour de l'appartement comme un psychopathe blessé, coupable d'avoir encore brisé son amour par impatience. Allumant l'ordinateur, je recommençai à bombarder la jeune fille d'e-mails éplorés, d'e-mails d'excuses, d'e-mails d'amour, d'e-mails d'humour que je lançai matin et soir comme autant d'appâts, espérant la ramener à des sentiments plus favorables.

Comme prévu, Cerise téléphona la semaine suivante. Mais elle semblait si bien disposée que mon angoisse retomba immédiatement. Étrangère à mes humeurs, elle suivait calmement son rythme. Je lui donnai rendez-vous au Train Bleu, le restaurant chic de la gare de Lyon, sous les fresques enchantées représentant les côtes méditerranéennes. La jeune fille apparut entre les dorures, avec une démarche lente et balancée de mannequin. Son pull sombre faisait ressortir la blancheur du visage et les yeux bleu clair. À table, je lançai une conversation enjouée, faisant les questions et les réponses. Comme elle semblait prendre du plaisir en ma compagnie, je lui proposai de passer l'après-midi avec moi, à la découverte des quartiers que j'aimais : sous les vieux porches du faubourg Poissonnière, dans les ruelles de la butte Montmartre, avant de redescendre vers le boulevard de Clichy, ses boucheries arabes et ses allées fleuries. La soirée se prolongea au bouillon Chartier, vestige du Paris d'avant-guerre avec sa carte bon marché, ses suppléments beurre et cornichons. Je parlais sur un ton lyrique :

— Avant de te connaître, plus rien ne m'intéressait. Aujourd'hui, je redécouvre tout ce que j'aime : mais c'est pour toi.

Cerise semblait heureuse. Elle avait allumé de nouveau sa caméra et procédait à quelques réglages, en baissant la tête vers l'écran où se reflétait l'image numérique. Au dessert, elle rangea son appareil et me raconta l'origine de sa vocation. Très jeune, sa mère l'avait poussée vers une carrière artistique, l'inscrivant dans des cours de danse, des cours de théâtre et des émissions télévisées pour enfants. Quand Cerise avait opté pour les Arts visuels (une « école d'expression » où les élèves devaient inventer leur propre technique, hors de toute contrainte scolaire), elle redoutait la réaction de son père.

Celui-ci l'avait encouragée, achetant le studio de Ménilmontant. Fin octobre, elle allait présenter sa première « installation visuelle ». À la fin du repas, elle prit ma main sous la table et je la serrai. Puis je l'invitai à dormir chez moi.

Le lendemain matin, je redoutais que Cerise ne disparaisse à nouveau. Pour prendre de l'avance, je l'invitai à faire quelques courses. Tout l'après-midi, des tailleurs se précipitèrent vers nous, centimètre au cou, pour proposer leurs derniers modèles. Cerise les rejeta l'un après l'autre, avant d'opter pour un ensemble orange déchiré, pop-style revisité par des couturiers branchés. Elle demanda plusieurs fois mon avis ; je finis par tendre ma carte de crédit, malgré le prix supérieur à ce que j'avais prévu. En sortant du magasin, je me sentais plus fort. Une certaine vulgarité me persuadait qu'après cette dépense, Cerise allait passer une nouvelle nuit dans mes bras ! Je réfléchissais à l'endroit le plus approprié pour un dîner en amoureux, quand ma fiancée reprit l'initiative :

— Ce soir, c'est moi qui décide ! J'ai une surprise.

Elle m'entraîna dans un café, disparut un instant avec son téléphone puis réapparut, radieuse, pour me guider dans un restaurant japonais. Tandis que j'admirais les étalages de sushis, Cerise déposa ses paquets au vestiaire. Soudain, j'aperçus Estelle, assise à la table du fond, près de son fils qui faisait des bulles dans un verre de Coca. Je commençai par me cacher mais, déjà, Cerise s'avançait vers mon ex-maîtresse qui avait réservé « pour nous quatre ». Les deux femmes se tutoyaient, se racontaient leur journée, et je compris qu'elles avaient dû s'appeler plusieurs fois. Très gêné, j'embrassai piteusement Estelle puis, comprenant que je n'avais pas le choix, je m'assis face au marmot, tandis que les deux copines palabraient.

Estelle — en apparence — acceptait parfaitement le principe de ma nouvelle liaison. Elle nous appelait « les amoureux » et tenta d'expliquer ma personnalité à Cerise qui appuyait tendrement son genou contre le mien. De plus en plus relax, j'envisageais la possibilité d'être l'amant d'une jeune fille et le protégé d'une femme de mon âge. Les mangues fraîches arrivaient sur la table, quand le mobile de Cerise émit son signal — une version simplifiée de la *Quarantième symphonie* de Mozart. Elle décrocha devant nous, commença à parler puis, après un signe d'excuse, elle sortit sur le trottoir, son combiné à l'oreille.

Estelle en profita pour passer aux aveux. Elle comprenait mon attirance pour Cerise qu'elle trouvait jolie et sympathique, mais elle supposait que la différence d'âge nous empêcherait de rester ensemble. Elle attendait donc mon retour, et s'apprêtait à soigner la dépression qui suivrait la fin de cette aventure. Consterné par tant de bienveillance, je suppliai Estelle d'oublier cette idée et de rencontrer quelqu'un d'autre. Nous en étions là quand Cerise rentra dans le restaurant, reprit place à côté de moi et appuya de nouveau son genou contre le mien. La solitude d'Estelle me peinait. Mais j'étais pressé d'étreindre le corps que j'aimais. J'appelais le serveur pour payer l'addition quand l'étudiante prononça dans mon oreille :

— En fait, je suis désolée. Je ne peux pas rentrer avec toi ce soir.

Je me retournai, interloqué :

— Comment ? Mais, on avait dit…

— Excuse-moi, j'ai un rendez vous !

Estelle nous regardait, consternée, comme si cette situation confirmait sa théorie. Je suivis Cerise vers la sortie du restaurant en gémissant :

— Mais enfin, on a passé une journée merveilleuse…

Ce qui signifiait : « Je viens de t'acheter une robe chère et je pensais avoir mérité ma soirée d'amoureux. » Cette mauvaise logique produisit l'effet contraire. Arrivée sur le trottoir, Cerise tourna vers moi son visage et ses yeux vagues :

— Écoute, je t'aime bien, mais tu n'es pas l'homme de ma vie. Alors, si tu veux qu'on reste ensemble, laisse-moi tranquille.

Ces mots me transperçaient. Une jalousie masochiste me poussait cependant à m'humilier davantage :

— Dis-moi seulement où tu vas ! Peut-être que tu rentres dormir chez toi et que tu ne veux pas me le dire ! Et si tu retrouves quelqu'un, je préfère le savoir.

Le nez de Cerise se plissa avec mépris. Furieuse, elle avait sorti la caméra de son étui, dirigeait l'objectif vers moi et me filmait en train de pleurnicher, comme pour me faire prendre conscience du ridicule de la situation. Puis elle m'abandonna sur le trottoir et se dirigea vers le métro.

Je rentrai chez moi en sanglotant. Toute la nuit, j'imaginai Cerise dans les bras d'un autre, et cette idée me déchirait. Elle ne m'aimait pas, je criais « méchante ». Puis je composais son numéro de téléphone et laissais un message d'excuses pour mon comportement de tout à l'heure. Chaque fois, j'espérais l'entendre décrocher, mais le répondeur s'enclenchait et je retombais sur mon lit, les yeux mouillés, songeant à son corps serré contre un autre. Cerise n'avait aucun devoir envers moi, mais l'idée qu'elle préférait un amant de son âge m'était insupportable. Je n'étais qu'une distraction.

À dix heures du matin, on sonna à la porte. Je me dirigeai vers l'entrée, prêt à me consoler dans les bras d'Estelle, chargée d'échantillons de papiers peints. Après cette mauvaise nuit, sa présence me semblait presque réconfortante et j'ouvris la porte… Radieuse, Cerise entra dans sa nouvelle tenue pop et m'embrassa. Puis elle glissa entre mes bras sur le canapé. Entre deux caresses, la jeune fille susurrait :

— Cela m'a fait de la peine de te laisser comme cela, hier soir. Tu étais pitoyable !

— Tu es trop cruelle ! Pourquoi ce besoin d'en rejoindre un autre, alors que nous étions ensemble pour la soirée ?

— Je ne sais pas. Il m'a appelée au restaurant. Soudain, ça m'amusait de le voir. J'avais déjà passé toute la journée avec toi…

— Jure-moi que tu m'aimes plus que lui, que je suis ton amant numéro un.

— Oui, tu es mon amant numéro un.

*

Septembre s'écoula dans cette alternance de fièvre et d'apaisement. La légèreté de Cerise décuplait ma jalousie. Je pleurais pour obtenir des serments d'amour mais, au lieu de l'attendrir, mes états nerveux l'éloignaient. Impassible, elle me regardait l'implorer puis retournait vers ses mystères. Et quand je croyais l'avoir perdue, elle revenait vers moi, disponible et charmante.

Ma vie suivait le rythme qui lui convenait. Prêt à la rejoindre quand elle le décidait, je lui offrais continuellement de nouveaux présents : promenades, sorties au spectacle, livres, disques, parfums, week-ends au bord de la mer… Mais tant de gages d'amour ne modifiaient pas ses exigences : ne pas téléphoner certains jours, accepter l'existence d'autres amants. Elle me fit même promettre de passer mon chemin si je la croisais au bras d'un autre. La crainte de la perdre me faisait tout accepter. Je n'avais d'autre souci que de la retrouver pour faire l'amour — plus intensément encore lorsqu'elle me trompait, car seule cette thérapie calmait ma souffrance.

Quand nous retombions sur le lit, dans les bras l'un de l'autre, Cerise attrapait parfois sa caméra de poing et je faisais l'acteur pour l'amuser. Théâtral, je lui reprochais sa cruauté, avant de déclarer qu'elle était l'être le plus tendre et le plus charmant. Je me frappais la poitrine, m'accusais d'abuser de sa jeunesse. Puis, à mon tour, je prenais la caméra et je la filmais toute nue, riant, pleurant, dormant, ouvrant ses yeux clairs, suçotant une mèche de cheveux. Les images que nous tournions allaient raconter notre histoire. J'imaginais à nouveau de réaliser ce grand film dans lequel je ne parlerais plus seulement de moi, mais où je tracerais le portrait d'une fille moderne dans son genre.

Obsédant, épuisant, l'amour de Cerise abolissait mes autres tourments. J'avais moins peur de la vieillesse, de l'échec professionnel, de la maladie, des insomnies. Après les nuits blanches où je sanglotais, persuadé que Cerise ne m'aimait pas, je retournais vaillamment à la bataille et ma vie professionnelle s'arrachait au ronronnement. Dès la seconde semaine de notre liaison, j'avais battu le rappel de mes relations, dans le but d'inviter la jeune fille à des soirées. Au cocktail d'un magazine féminin, j'avais retrouvé un ami de mes vingt ans, devenu patron d'un groupe de communication. Il cherchait quelqu'un pour travailler avec lui, dans une boîte de films publicitaires. Devant une coupe de champagne, ces mots semblaient une promesse vague, mais il me rappela le lendemain. Si bien que, fin septembre, j'étais en mesure de donner ma démission de *Taxi Star* pour emménager dans un bureau transparent, affublé du titre ronflant de conseiller artistique.

Après deux ans de galère dans la presse professionnelle, ce retour dans le milieu paracinématographique m'apparut comme une arme supplémentaire pour conquérir Cerise. Même s'il ne s'agissait que de clips publicitaires, une position dans le monde des « arts visuels » où elle débutait elle-même pouvait me consacrer définitivement comme « amant numéro un ». Quand je lui annonçai la nouvelle — lors d'un dîner dans son studio où j'avais apporté le saumon et les bougies —, sa bouche enfantine répondit qu'elle était contente de me voir content. Après quoi elle saisit sa vidéo et me proposa d'improviser sur mes perspectives de carrière. Je parlai avec ferveur de mon nouveau métier, insistant sans y croire sur le potentiel artistique de la publicité.

Pour fêter l'événement, j'invitai David à dîner le lendemain dans un restaurant du Marais. Depuis qu'il m'avait présenté Cerise, fin août, je revoyais parfois le jeune Américain qui se débattait, lui aussi, dans le milieu du cinéma. Sollicité au début de l'été pour un téléfilm, il attendait toujours l'appel du producteur qui avait changé complètement de projet. Passé de mode dans les milieux branchés, David complétait ses notes pour un texte sur la France qu'il comptait rédiger, au terme de son voyage. Nous nous retrouvions dans des cafés. Épuisé par ma maîtresse, je m'épanchais devant lui et il jouait patiemment le rôle du confident, cherchant à me ramener vers la raison.

Ce soir-là, Cerise m'attendait à la sortie du métro Saint-Paul. Ses cheveux blonds tombaient sur la veste orange qui prenait dans la nuit une couleur fluorescente. Elle prit ma main dans la sienne pour remonter la rue Vieille-du-Temple. Elle marchait sans dire un mot et j'avais l'impression qu'elle tenait son enfant.

Vestige oublié entre les bars gays et les galeries branchées, le vieux restaurant où nous avions rendez-vous avait échappé à la rénovation du quartier et j'étais certain qu'il allait enchanter David. Dans ce boui-boui noir de fumée, on avait l'impression de quitter Paris pour atterrir dans une arrière salle de ferme auvergnate. Sous les jambons accrochés au plafond, la patronne octogénaire épluchait des légumes, tandis qu'un petit chien courait à ses pieds. L'ami américain nous attendait sur le banc devant un tas de pommes de terre. Toujours de mauvaise humeur, le patron faisait tourner dans l'âtre un bouillon gras. L'établissement était vide.

Presque aussitôt, Cerise commença à filmer les murs et je songeai que la poésie moderne devait être liée à ce genre de mélange entre un très vieux monde et une très jeune fille. Soudain, la porte s'ouvrit ; une dizaine de Japonais entrèrent à leur tour, munis de caméras, et entreprirent d'immortaliser l'archaïque restaurant, avec la même énergie que l'apprentie vidéaste. Je me tournai étonné vers le patron qui grommela :

— Les guides nous ont repéré comme un restaurant typique. « *Real Paris, real Paris !* » Les articles se succèdent...

Il montra les coupures de presse qui vantaient cet « authentique » bistrot où l'on mangeait une « vraie cuisine paysanne ». Cerise rangea son appareil. Autour d'une bouteille de rouge, David expliqua l'évolution de ses théories. D'après lui, les Français s'agitaient beaucoup. Ils brandissaient de pompeux projets culturels, lançaient de bruyants messages pour sauver l'humanité, mais ils semblaient aveugles à la disparition de leur propre monde. Nous l'écoutions sans vraiment le croire, parce que nous étions nés en France où il fallait bien inventer notre vie, jour après jour. Je serrais mon corps contre celui de Cerise qui m'avoua ce soir-là :

— Je crois que je commence à t'aimer.

*

Le samedi suivant, Estelle téléphona pour m'annoncer qu'elle se rendrait, vers seize heures, à l'exposition-projection de Cerise. Elle espérait me retrouver là-bas.

Je restai sans voix. Jamais je n'avais entendu parler de cette exposition. La complicité des deux femmes commençait à m'agacer… Ma seconde réaction fut pourtant de soulagement : aveuglé par la jalousie, je croyais que l'étudiante me trompait sans vergogne. Je n'avais pas même imaginé qu'elle puisse consacrer tant d'heures à son travail personnel. Quand je la croyais au lit, *elle préparait une exposition.* Je finis par répondre en bredouillant :

— Ah oui, l'expo, bien sûr. On peut s'y retrouver. Mais j'ai perdu l'adresse. Tu peux me la redonner ?

Deux heures plus tard, je débarquai devant l'École des arts visuels, dans un immeuble bourgeois du VIe arrondissement. Des gens attendaient devant le porche, d'autres se dirigeaient vers la salle d'exposition située au fond de la cour. Je redoutais que Cerise ne me reproche cette intrusion dans une réception où elle ne m'avait pas convié. Pour ne pas la gêner, je me promettais de rester discret.

Un homme en pardessus traversait la cour. Quand il me croisa, son visage s'éclaira. Supposant que nous nous connaissions, je lui renvoyai sa politesse ; puis je lus l'affiche placardée à l'entrée de la salle d'exposition :

Travaux de rentrée
des élèves de seconde année

Je poussai la porte d'un local bien éclairé où s'alignaient les œuvres d'imagination conçues par les élèves pendant les vacances. Avec intérêt, je m'arrêtai devant la première table d'exposition, sur laquelle reposait un aquarium en plastique plein d'eau jaunâtre. À la surface du liquide flottait une planche de bois sur laquelle était posée une éponge de cuisine. Un texte tapé à la machine résumait les intentions qui présidaient à cette recherche :

Éponge, absorption.
La mort des océans parle
dans cette image.
C'est le versant aquatique
de la sexualité féminine.

Je me grattai le menton, perplexe. Près de la table, un étudiant au bouc soyeux se faisait photographier par ses copains. Tourné vers une bourgeoise à cheveux blancs, il lui expliquait l'histoire de l'art moderne. Comme d'autres parents venus admirer les œuvres de leurs rejetons, la dame prenait sa première leçon sur Marcel Duchamp. Pleine de bonne volonté, elle fronçait le sourcil. Soudain, elle me regarda et son visage se plissa dans un sourire amusé, tandis que l'étudiant résumait les théories de Joseph Beuys.

Que signifiaient exactement ces regards ? Mon esprit manqua singulièrement de vivacité. Car ma première idée fut que les gens étaient au courant de ma nomination dans une boîte de production de films publicitaires ! J'ignorais comment. Ma photo était peut-être parue dans un magazine. Faussement détaché, je redressai le visage vers l'ensemble de l'exposition où s'alignaient peintures, sculptures, créations plastiques. Le public déambulait d'une installation à l'autre.

Au fond de la salle, deux espaces séparés par des panneaux de toile noire proposaient des projections vidéo. Placardé à l'entrée de l'espace de gauche, je reconnus le nom de Cerise et le titre de sa création imprimé en grosses lettres noires :

Mes amants

Une sueur perla sur mon corps. Aussitôt je revis, dans une succession rapide, tous ces moments passés ensemble caméra à la main. Aurait-elle osé ? Je songeai d'abord à quitter la salle, puis à rappeler

Cerise pour en avoir le cœur net. Comme j'hésitais, près de l'entrée, le rideau s'écarta. Un homme en costume sortit. Il me regarda en prononçant :

— Très touchant, bravo !

Je le remerciai, songeant que je me fâchais peut-être trop vite. D'après cette réaction, je devais apparaître sous un jour favorable. Cerise ne m'avait pas informé par pudeur. M'armant de courage, je pénétrai sans bruit dans l'espace obscur et m'assis discrètement au fond, pétrifié par les images qui défilaient sous mes yeux.

Sur l'écran se tenait un vieillard complètement nu. Il s'appuyait à la porte d'une salle de bains, dans une position qui faisait ressortir son ventre. L'abdomen lisse et rondouillet contrastait avec la peau fripée des cuisses. Au centre d'une touffe poilue pointait un sexe en demi-érection, tandis que l'homme s'adressait à l'objectif :

— Depuis quelques semaines, je retrouve le plaisir de vivre, de me promener, de découvrir une nouvelle fois tout ce que je connais : mais c'est pour toi.

En dessous de l'image, une inscription fixe, en lettres blanches, indiquait :

Mon amant numéro trois

L'image changea, montrant le même sexagénaire assis à une table de restaurant. Il s'adressait à Cerise et lui promettait de l'emmener en voyage sur la Côte d'Azur. Mon cœur battait très fort, car j'avais tenu exactement ce genre de propos. J'essayais de me rassurer, songeant que j'étais forcément moins ridicule que ce vieillard amoureux. Mais le second héros de Cerise apparut sur l'écran, âgé seulement d'une cinquantaine d'années et accompagné d'un nouveau banc-titre :

Mon amant numéro deux

Je passe sur les propos peu ragoûtants du monsieur. On le voyait de dos en train de se raser dans le cabinet de toilette, rue de Ménilmontant. Nu sur le lit, en train de jouer avec l'ours en peluche, il proposait à Cerise une place d'assistante dans son entreprise d'informatique. Un peu plus tard, il ajouta :

— Tu sais, ta caméra, à mon avis elle est dépassée. Je vais t'offrir un nouveau modèle DVD pour Noël.

Je restais paralysé sur ma chaise. Dans mes crises de jalousie, j'imaginais que Cerise fréquentait des hommes plus jeunes que moi. Mais non : j'étais un membre de sa confrérie de vieillards lubriques. J'avais envie de mourir quand débuta, sur l'écran, la séquence intitulée :

Mon amant numéro un

Peut-être espérais-je encore secrètement bénéficier d'un traitement de faveur, par rapport aux précédents. Je pris longuement ma respiration, au moment où la caméra projetait mon visage, sous les fresques Belle Époque du restaurant le Train Bleu.

Je n'étais pas trop vilain sur cette image. Mais le premier effet qui fit rire l'assemblée, un peu plus tard, fut la répétition quasi exacte, au bouillon Chartier, des propos tenus par l'amant numéro trois :

— Avant de te connaître, plus rien ne m'intéressait. Aujourd'hui, je redécouvre tout ce que j'aime : mais c'est pour toi.

Après quoi il fallut affronter ma nudité sur les draps froissés, tandis que je jouais pour la caméra le rôle de l'amant satisfait, de l'amoureux éperdu ou de l'amant jaloux. J'évoquais mes perspectives de carrière. « J'aurai bientôt un vrai pouvoir dans le cinéma » amusa beaucoup le public. La séquence s'achevait par des images tragiques, où l'on me voyait geindre dans la rue en disant :

— Dis-moi seulement où tu vas ! Peut-être que tu rentres dormir chez toi et que tu ne veux pas me le dire ! Et si tu retrouves quelqu'un, je préfère le savoir.

L'image de l'amant numéro un se perdit dans le flou, et l'on vit apparaître sur l'écran la photo d'un homme d'une vingtaine d'années. Torse nu, finement musclé, il souriait sous une tignasse noire frisée. En dessous de l'image, le banc-titre final indiquait sobrement :

Mon ami

Le générique commença à défiler et le public applaudit. Je voulais m'enfuir mais la lumière s'allumait dans l'espace vidéo. Debout, vêtue de noir, Cerise saluait son public, fière de cette œuvre insolente. Elle affirma qu'elle avait pris de grands risques — face au « discours masculin » et contre toutes les « conventions artistiques ». Elle fit signe à son ami, le garçon aux cheveux noirs assis près d'elle au premier rang qui se leva, l'embrassa dans le cou et salua le public. Soudain, elle m'aperçut prostré au dernier siège. Ses yeux clairs restèrent indécis. Puis, dans un réflexe artistique, elle sourit à nouveau et me désigna généreusement à la douzaine de spectateurs qui se retournèrent et m'applaudirent, comme si j'étais un acteur volontaire du film.

Cette attitude me sauvait et je m'efforçai de faire bonne figure. D'un pas lent, la cinéaste s'approchait de moi pour m'embrasser et me remercier publiquement. Apparaissant derrière elle, la petite silhouette d'Estelle applaudissait fortement, le visage déformé par une grimace :

— Bra-vo ! Bra-vo !

Voulait-elle me sauver elle aussi ? Toujours pragmatique, elle tapait des deux mains et s'adressait aux spectateurs en me désignant :

— Quel acteur !

M'entraînant à part, Cerise prononça quelques mots à mon oreille. Je crus un instant qu'elle me demandait pardon, avant de comprendre ce qu'elle disait vraiment :

— Au moins, ça doit te faire plaisir d'apparaître dans une œuvre d'art ! Tu étais très bien. J'espère que tu ne m'en veux pas.

Je regardai son visage enfantin et m'efforçai de sourire :

— Non, pas du tout, c'est très amusant.

Elle affirma encore :

— Toi et les autres, ce n'était pas pareil. Tu restes mon amant numéro un.

— Oui, bien sûr, ça se voit dans le film.

Agacée, Cerise agita ses mèches blondes et dressa une trogne sûre de son fait :

— N'importe quel homme aurait tenu le même discours ! Tu es fâché que cela tombe sur toi. Mais l'important, c'est que tu sois le héros de mon premier film.

Elle ajouta, protectrice :

— Et puis, je crois que dans la vie, tu seras plus heureux avec Estelle.

Le grand brun revenait vers elle. Évitant de me regarder, il dit à Cerise :

— On va boire une verre avec les copains.

Estelle s'agitait toujours dans une sorte de danse autour de moi, frappant et criant :

— Bra-vo ! Bra-vo !

Pour me donner meilleure contenance, elle enlaça ma taille et se serra comme une épouse au courant de toute l'histoire. Tout en s'éloignant avec son ami, Cerise se retournait une dernière fois :

— Ne m'appelle pas. Je te ferai signe la semaine prochaine.

J'avais l'impression de flotter quelques centimètres au-dessus du sol. Déjà Estelle m'entraînait vers sa voiture en avouant :

— Je me doutais que ça finirait comme ça.

Je soupirai :

— Pourquoi ne m'as-tu rien dit ?

— Tu étais fou amoureux. D'ailleurs, j'ignorais ce qu'elle préparait.

Nous traversions la cour de l'école où d'autres personnes m'adressèrent des sourires. Acteur d'avant-garde dans l'œuvre d'une vidéaste conceptuelle, je rentrais à la maison au bras de ma femme qui répétait :

— Vous n'avez rien en commun et une trop grande différence d'âge. Toujours cette attirance des hommes pour la jeunesse !

Je planais. Estelle continuait :

— Si tu veux, on va passer chez un traiteur et se faire une petite bouffe-télé. Ce soir, ils donnent *La Flûte enchantée* en direct de Salzbourg.

10

Les deux pêcheurs

Où David livre le fruit de ses observations

« On pourrait imaginer qu'un épisode particulièrement important détermine, une fois pour toutes, l'âge d'une ville. Même lorsqu'elle continue à se transformer, son style s'épanouit à un moment de l'histoire — comme si tous les changements à venir ne pouvaient plus modifier ce caractère essentiel et singulier : le siècle de Périclès pour Athènes, la Renaissance pour Florence, le XIXe et la Belle Époque pour Paris, avec ses avenues boisées et ses immeubles à six étages, telle une variation infinie du même modèle.

« On peut bien déplorer les outrages du baron Haussmann, éventrant l'ancienne cité pour édifier des quartiers bourgeois. Un siècle plus tard, son urbanisme se confond toujours avec l'image de Paris.

Un dédale ordonné relie les gares aux jardins, les jardins aux places, les places aux brasseries. Le promeneur reconnaît aisément l'allure de ce monde qui semble avoir poussé d'un seul jet avec ses boutiques au rez-de-chaussée, ses balcons au deuxième étage, ses théâtres de boulevard, ses toits de zinc, ses lignes de métro parallèles aux avenues. Une même histoire relie les vieux porches d'immeubles, les balustrades nouille et les facades Art déco. Tout ce qui s'est construit entre 1800 et 1950 a façonné, pour l'essentiel, le caractère universel de cette ville. Tout ce qui s'est bâti dans la seconde moitié du XXe siècle paraît d'un autre ordre et comme superflu, incapable de raviver une singularité parisienne. Les nouveaux monuments poussent comme des anecdotes. Ils tentent de prendre place mais, à chaque coin de rue, le siècle d'avant rappelle aux habitants qu'ils viennent d'un autre monde.

« L'Européen d'aujourd'hui vit dans cette espèce de schizophrénie. Il grandit dans un décor chargé de souvenirs. Il rêve d'être à la fois d'hier et d'aujourd'hui. Il piétine sous les ombres de son passé, tout en cherchant ses modèles dans un nouveau style mondial, très banal, qui se répand comme un champignon sur les ruines. L'Amérique provinciale se greffe sur l'Europe provincialisée. La beauté se conserve comme une *spécificité culturelle...* »

David relut ces quelques lignes, rédigées d'une écriture régulière à l'encre bleue. Sous ses deux feuillets manuscrits, une liasse de feuilles vierges l'invitait à développer et argumenter sa réflexion afin de rédiger les conclusions de son voyage en France.

Cherchant la suite, il tourna lentement son regard vers la fenêtre et contempla le paysage qui s'étendait sous ses yeux. À gauche, un pan de falaise blanche couverte de buissons rougeoyants scintillait dans la lumière d'automne. Sur le plateau, les prairies se resserraient autour d'un village dominé par un clocher d'ardoise. Cent mètres plus bas, la mer se refermait sur une plage de galets où l'eau vert émeraude s'étalait et se repliait comme un corps de méduse. Le ciel faisait varier indéfiniment la couleur liquide, perdue au loin dans les nuages. Des oiseaux blancs filaient tous dans la même direction. Installé à son bureau devant la fenêtre ouverte, David se sentait délicieusement bien. Retournant vers son papier, il biffa la dernière phrase et la remplaça par une autre : « La beauté continue… »

Une voix cria dans l'escalier :

— Le déjeuner est prêt. Dépêche-toi, ça va être froid !

Pourquoi son ami était-il aussi nerveux ? La semaine dernière, celui-ci avait appelé pour l'inviter quelques jours au bord de la mer, dans la maison de Solange :

— Sa fille a mis la propriété en vente. Elle me propose d'y retourner avant le déménagement. Tu veux m'accompagner ?

David avait hésité. Il trouvait triste, en plein automne, de fouler les souvenirs d'une amie morte au printemps dernier. Puis il songea que ce cadre serait favorable à son travail et il se rendit gare Saint-Lazare.

Dès les premiers kilomètres du voyage, il remarqua l'état fébrile où se trouvait son aîné, depuis la trahison de Cerise. Hypernerveux, le Français passa tout le voyage à téléphoner de son portable pour régler des affaires faussement urgentes. Évitant de déranger les passagers, il s'installait entre deux wagons, sur la plate-forme où il n'entendait rien, hurlait pour se faire comprendre et devait rappeler continuellement son interlocuteur. Les rêves de cinéma évoluaient vers un business fiévreux, aiguillonné par la crainte de perdre son emploi.

Le perron de la villa était couvert de feuilles mortes. Il fallut allumer le chauffage, faire du feu dans les pièces. En fin de journée, David aperçut son ami prostré dans la cabane du tennis. Il trouva cette situation douloureusement poétique mais, pour se calmer, le Français passa la matinée suivante à bêcher, tailler les haies, nettoyer les massifs avec une ardeur démultipliée par la certitude de ne jamais revenir. Torse nu, suant, râlant, il s'adonnait à ce travail inutile dans le soleil d'octobre. David se demandait pourquoi cet homme de quarante ans glissait continuellement de l'euphorie à l'insatisfaction. Était-ce l'âge ?

Après déjeuner, il retourna vers son tas de bois au fond du jardin. Armé d'une scie, il commença à débiter des bûches. Content de sa matinée d'écriture, David décida de se promener jusqu'au village.

Des voitures étaient garées devant l'église. Dans les ruelles, des affiches placardées sur les murs annonçaient la « fête de l'automne » et son « bal champêtre ». Guidé par le martèlement d'une sono, David déboucha place de la Mairie, dans la foule néo-paysanne rassemblée autour d'anciennes machines agricoles. Devant les batteuses à vapeur se tenaient quelques enfants vêtus de costumes traditionnels et plusieurs femmes en coiffes de dentelle, sous lesquelles on devinait des cheveux décolorés à l'hypermarché voisin. Entre la pharmacie et la déchetterie, un camion-sono couvert d'enceintes acoustiques projetait sa musique pulsée appuyée sur les temps forts. Une voix d'homme hurlait dans un micro :

— De la musique pour tous les goûts avec Pacifico !

C'était en Normandie, peu avant l'an 2000. À l'intérieur du camion, ouvert comme une épicerie ambulante, le DJ torse nu dansait en manipulant ses platines. Coiffé d'une casquette de base-ball à l'envers, il agitait les bras en chantant le refrain. Des voitures s'accumulaient le long du lotissement EDF. Le public était encore rural et déjà banlieue, rêvant de Dallas dans les environs de Dieppe — récemment désenclavé par une bretelle autoroutière. Quelques familles parisiennes en week-end se joignaient à la danse ; les parents suivaient les enfants. La plupart des cultivateurs restaient sur le bord, perplexes.

Le bar se trouvait sous le préau de l'école. David commanda une bière tiède quand un groupe de handicapés mentaux déboula sur la piste. Poussés par leurs éducateurs, ils débarquaient d'un centre spécialisé des environs et rebondissaient deux par deux dans leurs costumes mal ajustés. Une petite femme trisomique en robe courte s'efforçait de suivre le martèlement des basses ; elle agitait son buste en avant puis en arrière sur ses jambes arcboutées ; une autre levait les bras avec des mouvements mécaniques. « Au bal masqué, ohé ohé... », chantait la sono.

Surgissant du bar comme un tracteur à moitié ivre, un agriculteur entraîna sa femme par la main.

Rond comme une barrique, il dressait sa tête rouge aiguisée par le vin et par le vent. Son double menton écarlate s'enfonçait dans un cou très large qui faisait éclater la chemisette blanche d'où jaillissaient les bras roses, tels deux fabuleux jambons. La chemise s'enfonçait dans un pantalon du dimanche dilaté par les fesses et retenu par des bretelles. L'épouse suivait ses mouvements sans afficher d'expression. Pantalon blanc et corsage entrouvert, elle avait une tête carrée de forçat sous sa chevelure grisonnante. Le mari adressait des signes aux paysans disposés autour de la piste. Puis ses grosses jambes, étonnamment assurées malgré l'ivresse, redoublaient le pas et entraînaient sa prisonnière au cœur de la danse : « Au bal masqué, ohé ohé... »

Les deux pêcheurs

David se dirigea vers la sortie du village. Sur le parking, quelques loubs en jogging fumaient des cigarettes, canette de bière à la main. Trois chasseurs en treillis — le plus grand portait des lunettes noires — sortaient de leur 4×4 pour rejoindre le bal champêtre.

Dix minutes plus tard, l'Américain arrivait près de la falaise où s'étendaient des champs labourés, sauf un carré de betteraves émergeant encore de la terre humide. Au loin, la mer rougissait sous le soleil déclinant. Sur les pâturages, quelques vaches regardaient le spectacle du crépuscule en s'efforçant de comprendre ce qui se passait. Était-ce la première fois ? Elles ne se souvenaient pas précisément des jours précédents. Elles ignoraient également que les services vétérinaires de la préfecture envisageaient de procéder à leur abattage massif pour soutenir les cours. Impropres à la consommation, elles allaient prochainement servir de combustible dans une cimenterie.

David prit un chemin au milieu des champs. Dans la brume légère, un ancien blockhaus couvert de verdure se dressait au bord d'une mare. Près de l'eau, deux silhouettes assises sur des chaises pliantes tenaient des cannes à pêche. Deux petits vieux, engoncés dans leurs pardessus de toile, qui avaient préféré cette occupation à la fête villageoise. Un chien était allongé près d'eux. L'un des hommes portait une casquette, l'autre un képi, et ce détail intrigua David qui continuait à marcher. Le jour déclinait dans un silence troublé seulement par le rebondissement lointain de la sono.

David avança encore. Le berger allemand aboya mollement, sans bouger. Plus l'Américain s'approchait, plus les deux personnages lui semblaient bizarres, comme des épouvantails à moineaux. Parfois, l'homme au képi vert — qui était le plus grand — se tournait vers l'autre pour prononcer quelques mots. Puis il agitait doucement sa canne à pêche et le flotteur faisait quelques ronds sur l'eau. À son tour, l'homme à la casquette grommelait quelque chose à l'oreille de l'autre. David s'approchait doucement, pour ne pas les déranger. Des goélands passaient en criant. Après être partis ce matin vers le sud, ils revenaient vers le nord, à la recherche d'une autre décharge.

À quelques mètres des deux hommes, David s'immobilisa. D'abord, ils ne lui prêtèrent aucune attention mais, après une dizaine de secondes, ils braquèrent simultanément leurs deux visages sur l'intrus qu'ils regardèrent avec mécontentement. Puis ils se retournèrent vers la mare. L'impression fut rapide, mais affolante, car David ne douta pas un instant de les reconnaître. Celui de gauche sous sa casquette militaire, avec sa moustache et ses yeux fous. Celui de droite, sous son képi, l'air ironique et blasé. On aurait cru… Ce devait être un jeu, un déguisement lié à la fête de l'Automne. Légèrement étourdi, l'Américain prononça, pour chasser son hallucination :

— Pardon, messieurs…

Le premier pêcheur fit volte-face vers David, et prononça en allemand, d'une voix rauque :

— *Scheisse !*

Un peu plus calme, le second pêcheur tendit à

nouveau son visage allongé et considéra David avec un air de consternation. Assez haut perchée, sa voix vibra solennellement pour demander :

— Laissez-nous tranquilles, s'il vous plaît !

La ressemblance était aberrante, mais elle ne faisait aucun doute. Devant David, avec leurs cannes à pêche, se tenaient un sosie très vieilli de Hitler — coiffé de sa casquette nazie — et une sorte de général de Gaulle parfaitement reconnaissable sous son képi à deux étoiles. Ce n'étaient pas des masques. Tout laissait croire qu'il s'agissait bien d'eux, sous ces pardessus froissés. Les illustres vieillards n'avaient d'ailleurs pas l'air de plaisanter. Le héros de la Résistance française reprit la parole :

— Jeune homme, vous voyez bien que vous nous dérangez !

Avec son accent allemand et sa voix orageuse, le chancelier du Reich approuva :

— Franchément, fous n'afez rien à faire ici, rentrez chez fous.

David se demanda s'il était la proie d'une farce comme celle de Claude Monet devant le jardin à Sainte-Adresse ; sauf que ces deux hommes avaient bien des visages rabougris de centenaires. Toujours tournés vers l'intrus, ils entreprirent ensemble de raisonner David ; et chacune de leurs phrases semblait précisément répondre à ses préoccupations du moment :

— L'Europe, l'Europe ! Qu'est-ce que vous lui trouvez donc à l'Europe ? s'indignait le général.

— *Europa ist fertig*, reprenait Hitler.

— Vous courez après des chimères, mon vieux. Arrêtez de vous accrocher à votre idée de la France.

— Quand che pense que fotre mère fous attente à New York.

— Soyez raisonnable. Occupez-vous de vos histoires !

Le chien regardait David sans broncher. Celui-ci ne trouvait aucune explication logique à la présence de deux personnages historiques, ni à leur discours ni à leur parfaite connaissance de sa propre existence. Mais il comprenait le message.

— New York ! mon vieux, dit de Gaulle.

— New York ! mon fieu, répéta Hitler.

Un silence passa. Refusant de raisonner davantage, David décida d'accepter l'évidence et il s'écria, avec une soudaine énergie :

— Vous avez raison, messieurs. Il est temps de rentrer chez moi.

— Ach, prafo cheune homme ! s'exclama le chancelier.

— Enfin un peu de jugeote dans cette cervelle, conclut le général d'une voix tremblante.

Puis, comme s'ils avaient accompli leur mission et refusaient de s'intéresser davantage à David, ils se retournèrent vers leurs cannes à pêche et agitèrent les bouchons au-dessus de l'eau, tandis que le jeune homme s'éloignait parmi les betteraves à sucre.

De retour chez Solange, il évita de décrire son hallucination qui le ferait passer pour fou. Mais, le soir même, il annonçait à son ami :

— Mon voyage est terminé. Je vais rentrer à New York début novembre.

Occupé à passer un chiffon à poussière sur les vieux livres, le Français s'immobilisa, l'air envieux :

— Moi aussi, j'aurais besoin de m'éloigner.

— Viens là-bas quelques jours, répondit David. C'est à moi de t'emmener en voyage.

11

Près du ciel

Le ferry de Staten Island vogue vers Manhattan au soleil couchant. Autour du navire, des goélands jaillissent de l'écume ; ils planent un instant sous le nez des passagers, se laissent porter vers le ciel puis replongent dans les vagues salées.

Il est cinq heures. Des lumières dorées glissent lentement sur les tours de Wall Street. Sur le pont, un touriste harnaché d'un sac à dos — la trentaine, grand, dégarni, l'air d'un étudiant attardé — remarque un couple de compatriotes en train de parler français. Il s'approche et leur demande de le photographier ; puis il s'appuie au bastingage et pose avec un large sourire devant les tours du World Trade Center. Après la prise de vue, les trois Français échangent des impressions sur l'Amérique. Le couple — deux bourgeois en retraite — vit depuis plusieurs années à Boston. Le célibataire vient aux États-Unis pour la première fois. Il affirme que New York lui fait beaucoup penser à Strasbourg. C'est le premier résultat de ses observations. L'élocution assez lente, il insiste sur ce rapprochement comme si, précisément, des images alsaciennes surgissaient quand il marche sur Broadway; comme si les buildings de Madison rappelaient des tavernes à colombage. Le couple reste souriant, aimable, un peu gêné :

— Strasbourg, vraiment ?

— Ah oui, tout à fait Strasbourg, le style des maisons, les couleurs.

Il peine à préciser son idée mais paraît sincère. Son interlocuteur l'encourage :

— C'est intéressant, j'ai entendu toutes sortes de comparaisons, à propos de New York, mais jamais encore celle- là. Vous êtes de Strasbourg, peut-être ?

— Non, non... Moi, je suis de Metz. Mais je vais assez souvent à Strasbourg, pour mon boulot. Et vraiment je retrouve exactement les mêmes impressions ici !

Quelques navires sont amarrés dans la rade, près du Verrazano Bridge. L'océan bleu et chaud clapote légèrement.

*

Allongé sur un transat, emmitouflé dans mon manteau, je contemple les crêtes et les pics de la ville jetés dans le désordre. Malgré son plan géométrique, New York pousse dans tous les sens au hasard. J'ai tout de suite aimé ce foutoir : dès le hall d'aéroport déglingué (non pas léché et prétentieux — comme ces aéroports européens qui ont besoin d'affirmer : « Nous sommes des aéroports modernes ! » — mais usé comme un lieu de transit où se succèdent chaque jour des milliers de gens affairés) ; puis sur les autoroutes qui conduisent vers Manhattan, avec leurs nids-de-poule, leurs grillages troués protégeant des quartiers sans charme surplombés d'enseignes de pizzerias. L'Amérique se néglige dans son paysage emblématique : New York dressé comme un capharnaüm, avec ses faux temples grecs à frontons sculptés, ses tours de Metropolis, ses ponts métalliques, ses vieilles maisons de brique, ses entrepôts à l'abandon, ses quartiers flambant neufs, ses terrains vagues.

On dirait une chaîne de montagnes infinie dominée par quelques monts de verre rose, des pics d'aluminium bleu, et partout des gouffres plus extravagants que ceux de la croûte terrestre. Comme un randonneur arrivé sur l'aiguille, je goûte le soleil de cet après-midi d'automne, mollement affalé en haut d'un building. L'écho des klaxons remonte à travers les rues étroites ; il rebondit dans le précipice, entre les parois d'immeubles, avant de parvenir jusqu'à mes oreilles, comme un message très doux où se concentre le mystère de ma propre histoire.

Voilà quarante ans qu'il m'accompagne, ce klaxon du taxi new-yorkais — avec son registre d'alto, son intonation nasale, sa matière molle mais insinuante. Voilà quarante ans qu'il me « prend la tête », par l'intermédiaire des séries télévisées, des poursuites policières sur l'écran cathodique. Cette sonorité m'est familière comme était familier, à l'enfant d'autrefois, le bruit de la rivière ou le cri du rémouleur. Sauf que l'enfant d'autrefois n'avait qu'à sortir dans sa rue pour voir le rémouleur. Quant à moi, je grandissais dans la fréquentation du klaxon new-yorkais, transmis par les ondes hertziennes au cœur d'une province française. Il arrivait sur la télé comme une image de la vie, assez différente de la réalité que je retrouvais quand je sortais réellement dehors.

Le timbre du klaxon new-yorkais restait pourtant niché dans un recoin de ma mémoire, comme un passeport vers le vrai monde. Et depuis mon arrivée à New York, je l'entends vraiment, comme si je débarquais dans ce berceau légendaire devenu réalité. Le son du klaxon résonne entre les tours. Et j'ai l'impression familière d'être chez moi. Le timbre ne sort plus de l'écran mais de cette ville si proche de mes sens et de ma mémoire. Malgré l'éloignement de Paris, l'écho particulier du klaxon new-yorkais me procure un sentiment de chaleur familière. Étendu sous le ciel, devant les temples extravagants du business, j'écoute cet avertisseur comme une voix maternelle venue des tréfonds de mon enfance. J'écoute ce timbre feutré, doux, aérien, monter entre les murs, et j'ai envie de bondir en poussant des cris de joie primitifs, comme si je venais de naître : « À New York. Je suis à New York ! »

Au même moment, je vois s'ouvrir la porte de l'escalier. Coiffé d'une casquette et vêtu d'un anorak, David s'avance sur la terrasse, puis il s'assied sur un autre transat et me raconte sa journée. Je lui demande s'il a rendu visite à sa mère.

— Oui, je suis passé la voir. Nous sommes invités à dîner chez elle demain soir. Elle est un peu bizarre. Je me demande ce que tu en penseras…

*

David avait posé ses bagages à l'hôtel. Plutôt que de « rentrer chez lui », il voulait redécouvrir New York comme il avait découvert Paris six mois plus tôt. Pour commencer, il s'était engagé à pied dans la 57e Rue, découpée d'ouest en est comme une section de rasoir au milieu des buildings.

Toute la journée, il marcha en long et en large, excité par les dimensions de la ville. Il avançait tête en l'air, saisi, par l'ivresse verticale, cet élan vers le ciel, ces chutes d'ombre et ces poussées de lumière. Il remontait les avenues comme des vallées profondes, s'arrêtant pour boire une soupe dans une boutique perdue au pied des montagnes. Il allait droit devant lui, recueillant de simples émotions : les jets de fumée du chauffage urbain jaillissant sur la chaussée ; les grands murs sans soleil des rues transversales ; le dessin des gratte-ciel à travers les branches d'un jardin public. Il remonta la 5e Avenue jusqu'à la patinoire de Rockefeller Center où les corps tournaient sur la glace, au son d'une vieille romance jazz diffusée par des haut-parleurs. En regardant les couples glisser sous la perspective effilée du RCA Building, David se représentait l'ancienne beauté de New York, la poésie d'un hiver des années trente : une ville qui inventait ses décors de plaisir, sa campagne imaginaire, comme le Paris de 1900, avec son Champ-de-Mars, ses théâtres de guignols ou ses bords de Marne.

À la nuit tombante, il retrouva les immeubles noirs de la ville basse, les cheminées fumantes, les citernes en bois posées sur les toits comme des araignées, les escaliers rouillés dégringolant sur les façades. Il plongea dans le grouillement de Canal Street, parmi les étalages de clous, de vis, de transistors. Traversant les chaussées défoncées, longeant les terrains vagues d'East Houston, les brocantes à ciel ouvert, les bistrots à un dollar, il songeait : « Ah, le beau désordre, ah, la grande incertitude ! » Il admirait ces sacs en plastique volant dans le vent d'un samedi froid, ces papiers gras accrochés aux arbres, cette négligence formelle, ce mouvement de la vie et de son déchet qui semblait emporter la ville tout entière. Une foule de destins trafiquait, errait, chiffonnait : population rassemblée par l'urgence au centre du monde, comme montaient dans le Paris de Balzac, par les voies de chemins de fer, les peuples de province confrontés dans la catastrophe urbaine.

Franchissant en taxi la 110e Rue, il s'enfonça dans le tiers-monde, sous les fenêtres cassées des quartiers en friche. Un Noir en haillons poussait un autre Noir sur une chaise roulante, dans les restes de Spanish Harlem ; des gamins dansaient autour d'une batterie sur le trottoir. Ces immeubles effondrés, ces ordures entassées répondaient aux gratte-ciel et aux magasins de luxe, comme l'autre vérité du monde où nous vivons. David sortait d'un long sommeil. À Paris, la civilisation résistait comme un vieil hôpital. À Manhattan, tout se mêlait dans un tumulte urgent. Les canalisations surchauffées de la cité vivante craquaient de partout. Entre East River et Hudson River, dans cette cité de jour et de nuit, au milieu des klaxons, des livreurs, des piétons, dans ce mélange de races, de couleurs, de langues ; devant ces épiceries de quartiers, ces petits métiers, ces trafics en tous genres, face à l'urgence vitale, à la crise permanente, il retrouvait le tumulte d'une ville.

*

La nourriture est bonne, le service excellent. Les êtres qu'on rencontre paraissent intelligents, sensibles, cultivés. Les discussions durent parfois tard après le dîner. Mais toujours le bon vin, les jus de fruits, les drogues douces nous assurent des nuits délicieuses. Nous nous couchons au petit matin, dans les bras que nous choisissons. L'après-midi, nous rebondissons de nuage en nuage pour retrouver, au hasard, un parent, un ami perdu. Les morts nous congratulent avec émotion. On pleure, on se réjouit, on se rappelle des souvenirs, on se dit qu'enfin tout est possible. On se sent à la fois enfant, adulte, vieillard, et ces sensations conjuguées nous donnent une idée de la plénitude.

Le sentiment de l'éternité, au début, me faisait peur. Je craignais de m'ennuyer, comme ces rentiers terrestres qui noient leur manque d'imagination dans l'alcool. Mais ici l'alcool ne tue pas, ne blesse pas, ne défigure pas, ne donne pas de migraines. Toutes les substances s'écoulent comme des stimulants et, du matin au soir, un seul but nous occupe : le plaisir...

*

J'ai toujours adoré les histoires de paradis. Dans un vieux film en noir et blanc, Fernandel émergeait des nuages avec ses deux ailes blanches sur le dos. Il palabrait sur les douceurs de la vie éternelle. Chaque fois que je prends l'avion, je contemple par le hublot cette mer colorée de vapeur et de coton où il fait toujours beau. Je voudrais imaginer que le paradis se situe vraiment là, perché dans le ciel comme un observatoire. Les bienheureux folâtrent et observent, par des lunettes télescopiques, la vie ordinaire des terriens qui, un jour, viendront les retrouver…

Cet après-midi, allongé sur mon transat au sommet d'un hôtel new-yorkais, j'ai l'impression de flotter au-dessus du monde, avec un large point de vue qui me permet d'embrasser l'espace et l'histoire. Là-bas, vers l'océan, les quais du Havre et le chemin de fer de Paris (« le seul, le vrai paradis, c'est Paris », chantait autrefois un refrain d'opérette) ; ici, à mes pieds, l'existence qui s'acharne, se détruit, se construit. Somnolant dans les nuages, je regarde la vie comme un songe éveillé qui nous conduit d'un lieu à l'autre, d'une rencontre à l'autre, avec certaines correspondances, certaines émotions persistantes. Nos vraies histoires ressemblent à celles que nous rêvons. Ma légende a des odeurs salées de bassins ; elle passe d'une rive à l'autre de l'Atlantique ; elle s'attarde un instant sur les boulevards parisiens puis s'enfuit devant un chien fou... Tout se tient dans ces aventures et le temps qui passe me semble moins tragique si je le regarde comme un conte, en me laissant glisser d'un épisode à l'autre avec la curiosité du voyageur.

*

David réfléchit.

Il se dit que le monde qu'il aime a peut-être disparu depuis longtemps : ce monde des villes et des campagnes, des voyages et du temps perdu, ce cheminement de l'art, découvrant des façons nouvelles d'enchanter. Tout cela s'est perdu dans une modernité plus sommaire, occupée principalement de rationaliser, de rentabiliser, de produire et de reproduire.

En ce sens, David songe que l'Amérique constitue vraiment le centre du monde, puisqu elle a répandu partout cette façon de penser Comme l'Europe d'hier, elle invente sa propre histoire, devenue l'histoire du monde. Une histoire plus fruste mais désormais plus vivante que celle des vieilles civilisations auxquelles elle a fini par servir de modèle.

David observe que les mêmes transformations se produisent partout. Mais nulle part ce jeu n'est plus intéressant qu'ici même, au cœur de la partie. C'est la beauté du bordel américain : sa prétention bornée mais surtout son incapacité à se contrôler lui-même, sa propension à la contradiction.

David sait que le bordel américain est menacé lui aussi, que Manhattan se nettoie progressivement pour offrir aux touristes un séjour parfait. Ici comme ailleurs, l'organisation voudrait tout contrôler. Mais la totalité du monde reste assez complexe pour que la beauté surgisse toujours quelque part.

David conclut que ces questions d'organisation n'ont pas autant d'importance qu'on pourrait le croire en comparaison des données météorologiques, des visages que nous croisons chaque jour, des souvenirs qui nous guident, de nos rhumes et de nos amours.

*

Le lendemain, avant d'aller dîner chez sa mère, David m'entraîne au premier étage du Museum of Modern Art. Sur les murs, tout l'élan de la modernité naissante, spontanée, colorée, fantasque : Monet, Matisse, Picasso, Bonnard, Léger, Picabia, Kandinsky, Chirico… L'élan des tableaux semble répondre à l'élan des rues new-yorkaises ; il traduit la même imagination bouillonnante, le même balancement du XXe siècle, des promesses les plus extravagantes aux catastrophes les plus noires. Je remarque que cette collection d'art, si fraîche et

« new-yorkaise » dans l'esprit, porte un peu partout l'empreinte parisienne. Des étudiants américains arpentent les salles d'une étiquette à l'autre, en relevant les indications : *Picasso, à Paris à partir de 1904 ; Kandinsky, peintre français né en Russie ; Chirico, à Paris à partir de 1911 ; Gris, à Paris à partir de 1906 ; Miró, à Paris de 1919 à 1940 ; Ernst, peintre français né en Allemagne ; Chagall, peintre français né en Russie ; Dalí, en France à partir de 1929...* On dirait qu'il s'est passé, à Paris, quelque chose d'extraordinaire ; quelque chose qui se prolonge ici, au cœur de Manhattan, dans le dédale rythmé des tours et des avenues.

Une heure plus tard, nous remontons ensemble la 5e Avenue, le long de Central Park. Les immeubles surplombent les arbres comme de hautes falaises. Après avoir grimpé les escaliers du Metropolitan Museum, nous traversons d'un pas rapide les accumulations de vieilles peintures. Habitué des lieux, David m'entraîne sans se tromper vers la salle bien éclairée où se masse la grande foule de touristes et de new-yorkais.

Peu sensibles aux fresques pompeuses des époques royales, les visiteurs modernes s'extasient devant les impressionnistes. Entouré par ces tableaux, David semble lui-même extraordinairement joyeux. Son œil perçoit d'emblée certaines vibrations : quatre peupliers au bord d'une route, une cathédrale de Rouen au soleil de midi. Il saisit de tout côté la présence de Monet. Mais, surtout, son regard est littéralement aspiré par une vaste toile fraîche, claire et ventée. Tout son corps semble saisi par l'air marin, les drapeaux colorés, les senteurs fleuries du *Jardin à Sainte-Adresse.* Les protagonistes l'ont attendu sans bouger : le père du peintre, coiffé d'un canotier, est toujours assis dans son fauteuil d'osier près de la femme tenant une ombrelle ; le jeune couple bavarde, appuyé sur la balustrade. La mer ondule. Des voiliers et bateaux à vapeur entrent et sortent du port du Havre.

Rien n'est plus vivant que cette lumière maritime. Devant ce paysage de Sainte-Adresse, David s'enchante de reconnaître le mouvement du vent et des vagues dans la baie de Seine — quoique les jardins fleuris sur la mer aient aujourd'hui disparu. Quant à moi, reculant de quelques pas, je me réjouis d'observer chaque regard admiratif porté par les visiteurs (américains, asiatiques, européens…) sur cette plage du Havre, comme s'il s'agissait de la quintessence de la beauté. J'ai envie de prendre ces touristes par la main et de leur dire : « Vous savez, ce lieu existe vraiment ; je suis né juste à côté. » Je m'enchante qu'une parcelle de Normandie, oubliée dans la dérive de l'histoire, ait traversé l'Atlantique, pour devenir le paysage le plus admiré, au cœur du grand musée de la cité qui est le cœur du monde.

Laissant David, je sors du Metropolitan pour m'enfoncer dans Central Park où mon émotion grandit encore tandis que se dessine, au loin, la forteresse extravagante de Midtown où les hélicoptères ressemblent à des libellules. Heureux, je marche vers la façade de l'hôtel Plazza, grosse meringue Belle Époque, collée à la masse d'un gratte-ciel noir et blanc — énorme biscuit à la crème qui s'élève vers le ciel, comme toute cette ville s'élève au-dessus des anciennes maisons ; comme si le New York new-yorkais protégeait de toute sa hauteur le New York européen, où reposent quelques tableaux essentiels de la fin du XIXe siècle, devenus l'âme de cette ville archaïque et futuriste ; quelques fossiles de l'esprit moderne, ramassés sur la plage du Havre quand Paris était le centre du monde et la Normandie le jardin de Paris.

Marchant droit devant moi, je descends la 5e Avenue vers Downtown, agité par un curieux sentiment patriotique. Je me répète intérieurement : « Voilà pourquoi je me sens tellement bien, à New York : parce que cette peinture conservée ici comme la fierté de l'espèce humaine, cette peinture fut peinte par le jeune Monet sur cette plage où j'ai marché. Parce qu'un siècle plus tard j'ai fui Le Havre en rêvant de suivre le chemin des artistes. Parce que aujourd'hui, fuyant Paris, je retrouve Monet au cœur de New York où tout continue, où tout commence... »

Une heure plus tard, j'atteins la pointe de l'île, à l'emplacement de South Street Seaport, l'ancien port de New York transformé en bazar touristique. C'est autour de ce comptoir que la cité s'est implantée puis agrandie au XVIIe siècle. Les quais en bois font face aux jolis gratte-ciel démodés de Brooklyn. Devant la baie de New York, au point de contact de l'Ancien et du Nouveau Monde, je respire une bouffée d'air marin, cette même odeur salée que je respirais, enfant, près des bassins du Havre.

J'ai grandi de l'autre côté de la ligne, entre Paris et Manhattan, dans une ville maritime où les trains chargés de passagers arrivaient au pied des transatlantiques. Pendant cent ans, les paquebots ont traversé cette mer, chargés de passagers. Un jour, sans doute, l'un de ces bateaux a transporté un colis spécial, protégé par un détective : le *Jardin à Sainte-Adresse* — comme si ce qui avait commencé là-bas devait continuer ici. Marchant au bord de l'eau, je relève la tête vers les buildings noirs de Wall Street où se reflète le soleil d'hiver. J'aspire de nouveau la mer et le sel à la pointe de New York, songeant au vieux Havre moribond, au monde vivant qui s'étend autour de moi, à cette nouvelle vie. Tout commence.

Alors, seulement, je me souviens que je suis en congés, que je parle à peine anglais, qu'il me reste en poche trois cents dollars et mon billet de retour pour après-demain.

Composition Bussière
et impression Bussière Camedan Imprimeries
à Saint-Amand (Cher), le 30 octobre 2001.
Dépôt légal : octobre 2001.
1er dépôt légal : juillet 2001.
Numéro d'imprimeur : 014988/4.
ISBN 2-07-075896-6./Imprimé en France.

10196